海外
中国文学研究动态的
述与评

陈昉昊 ◎ 著

思
THOUGHT

与
AND

行
TRAVEL

A Review and Critique
of Trends in Overseas Chinese Literary Studies

重庆出版集团 重庆出版社

图书在版编目（CIP）数据

思与行 : 海外中国文学研究动态的述与评 / 陈昉昊
著. -- 重庆 : 重庆出版社, 2025. 3. -- ISBN 978-7
-229-19181-8

Ⅰ. I206

中国国家版本馆CIP数据核字第202489AZ32号

思与行:海外中国文学研究动态的述与评
SI YU XING:HAIWAI ZHONGGUO WENXUE YANJIU DONGTAI DE SHU YU PING
陈昉昊　著

责任编辑:陈劲杉
责任校对:刘小燕
封面设计:梁　俭

重庆出版集团 出版
重庆出版社

重庆市南岸区南滨路162号1幢　邮政编码:400061　http://www.cqph.com

重庆诚迈文化传媒有限责任公司制版

重庆豪森印务有限公司印刷

重庆出版集团图书发行有限公司发行

全国新华书店经销

开本:710mm×1000mm　1/16　印张:10.5　字数:200千
2025年3月第1版　2025年3月第1次印刷
ISBN 978-7-229-19181-8
定价:58.00元

如有印装质量问题,请向本集团图书发行有限公司调换:023-61520678

目　录

附　录

绪　言

一个多世纪以前，一位名叫丁龙（Dean Lung）的广东华工，于其耄耋之年，决定捐出毕生积蓄12000美元，倡议在美国哥伦比亚大学开设汉语专业——美国的汉学研究与教学由此由一名怀乡望远的华裔平民开创缘起。丁龙的慷慨行动，不仅体现一位普通华人对文化传承的深切关怀和对教育事业的无私奉献，也为后人开辟了一条跨文化交流与理解的新路径。历经百余年，海外中国研究随着世界政教机制的更迭、政经图景的变换、国家政权的改易、地理版图的组合之不断发展与变化，盛衰变迁，几代沉浮。正如古谚所云："他山之石，可以攻玉。"海外汉学的诸多研究范式、框架、理论与逻辑为本土学界提供了从外部世界反省审视中国的独特视角。中国文学研究的全球化进程，使得不同文化背景下的学者能够共同探讨和分享研究成果，从而促进了不同语系和文化圈之间的对话与理解。这里，我们不必捧高海外汉学的视野角度，也无意忽略华语学界的学术实绩。正因为众声喧"华"，现当代中国文学研究才在海内外以国别文学为基，华语语系文学为纲，超越语言壁垒、文化隔膜与意识藩篱，实现中国文学成为世界文学的恢宏目标。海外汉学家基于不同的文化背景与学术传统，对中国文化、历史、政治、经济等领域进行了广泛而深入的探讨。他们的研究涵盖了中国从古至今各个历史时期，为我们建构了一个立体动态的中国形象。这些含英咀"华"的学者多样多姿的研究成果不仅丰富了全球汉学的知识体系，也为我们提供了新的思考维度和分析工具。

　　进入 21 世纪以来，海外汉学中国文学研究日渐跳出了以往单一作家、单一社团、单一思潮、单一流派、单一时段、单一地域的旧式研究框架，不断跨界吸收历史学、政治学、人类学、社会学、心理学、地理学等学科理路与工具成果，从而能在理论风潮风云变幻的时代，呈现其顽强的生命力与适应力。海外汉学学者强调中国现代文学感时忧国的传统和剖析暴露内心的勇毅，或分析性别情感世界的纷杂和个人角色身份的调适，或直面光怪陆离的都市现代或冷清颓败的乡村风貌，或镌刻记录颠沛流离的时代创伤与政权更迭的兴奋喜悦与诚惶诚恐，或在抒情传统、历史记忆、经典传承中找寻过去、现在与未来的联结，或突破传统文类研究的限制，从不同文字、视觉与听觉文本中探寻理解现代中国发展的符码密钥。海外汉学研究现代中国知识分子与普通民众的念兹在兹的家国意识，感时忧国的历史责任，兼收并蓄的审美情趣，顺势应时的人生选择，复杂多样的情感结构。经历几代汉学家的筚路蓝缕，深挖文本史料，结合历史语境，从历时性与主题性的角度，不断尝试突破既往研究范式，向全球关注中国研究的读者呈现多姿多彩的现代中国图景。海外中国文学研究者探讨了记录时代变迁、展现文化现象、探讨阶层、性别、族裔等问题的中国现当代文学的不同层面。他们的研究涵盖了从晚清以来的中西互动与理论旅行，清末民初的语言改革，1919 年"五四运动"以来中国"文学革命"与"革命文学"，再到当代中国的文化改革与当代文学中的全球互动与国际影响，展示了中国文学在不同历史阶段中生产机制、创作背景、再现内容的复杂性、多样性与多义性。

　　《思与行：海外中国文学研究动态的述与评》一书的目标并不在于以一以贯之的主题来串联海外中国文学研究的总体方向，而试图以管中窥豹之见，提供海外汉学中国文学研究的方法论溯源、逻辑理论架构以及个案实例之分析脉络。海外中国研究的多样驳杂、众声喧"华"、百家争鸣、各展所长，这正是海外汉学研究别样特质所在。任何试图单一化、系统化海外汉学文学研究的尝试皆或是蚍蜉撼树般的徒劳之功，然卞和献玉之举、愚公移山之志，却充满着难以抵制的抒情欲望与书写诱惑。正因如此，我们可以看到海外汉学研究的独特魅力和无限潜力。本书第一部分两篇文章从理论建构的角度来解读海外汉学，旨在提供从文学史与文学主题的角度进行宏观分析。开篇明志第一篇讨论中国文学的全球经典化过程。中国文学经典在进入世界文学场域的过程之中，需要面对他国文学固有文学经典传统与范式的挑战、质疑、抵抗与收编，最终可能在他国语境之下实现"再经典化"。在这一过程中，扮演着"世界中"推手角色的文化活动和媒介，经由翻译传播、文学研究、视听表征、技术平台四个维度，荣登世界文学殿堂，甚至与西方文学传统比肩。此处通过量化与质性分析相结合的方式，辅以文本与历史分析，本节考察几位古代中国的"世界名人"具体进入世界文学舞台时各类"跨界""越境""超限/线"的表征——跨语际实践、跨学科呈现、跨媒介传播、跨平台交流的具体操作，探究中国古典文学"再经典化"的途径。本节以详尽的数据为基础，旨在追溯中国文学经典走向世界舞台的多样历史进程，表现出传统中华文化的鲜活生命力、持久文学性与普世影响力。第二篇将视角转向海外中国现代文学与现代文化的研究，尤其关注都市文化研究领域的文学再现与文化生产。通过对2015年之后出版的海外汉学五部专著的分析，本节主要总结与分析海外汉学界在中国都市研究领域三个新路径：地方性、文本现代性与"情"。这三个各自独立却互相关联的路径也可以认为是理解中国现代性的三个角度。海外研究者创制了包括世界格局、国家叙事、地方经验、家族生活、个体境遇等涵盖大小领域的理解中国现代性的新范式，近来英语学界的都市研究丰富了我们对于自晚清以来中国现代性的独特性与复杂性的认知。在此节撰写之时，"地方性"与情感研究这个研究范式似乎并未成为中国现当代文学研究的一个焦点范式。然而，在此后的几年之中，中国大陆学界对于"地方性"与"情感研究"讨论日渐趋多，几成热门，在现当代文学研究领域成为达成共识的学科热点主题。"地方性"强调的地方特色、地方风味、地方气度等，与传统强调的国家宏大叙事不同，突出了于细微之处可见的"小"历史与"微"人生。此外，"情感研究"也在近年来成为文学研究领域的热门理论。文学语言如何再现情感？文本阅读如何产生情绪反馈？文学如何与社会制度和情感体系产生关联？文学研究者在不断尝试从情感研究的角度来分析文学文本的生成与阅读机制。

本书的第二部分两篇文章从宏观意义上的文学史与文学主题的归纳转向了中国文学一种特殊文类——旅行文学。旅行文学作为一种文类在文学研究领域时常游离于主流文体/文类研究之外。与诸如小说、戏剧、诗歌等"热门"研究文类相比，中国旅行文学研究体量似乎远远无法与前三者匹敌。然而，这并不能证明旅行文学毫无研究价值。从古代山水诗，到骈文散文，再到现代游记散文与游记体白话小说，旅行文学作为一种包容度极强的义类，为我们提供了作者在身心位移过程中对所感所闻所见的反馈与回应。本部分的第一篇通过归纳海外汉学近三十年来中国大陆旅行研究，发现其路径有三：其一，对中国大陆旅行史以一种总体史研究方式进行把握。中国古代旅行文学的发展与代际传承、历史堆叠、世代变革有关，自有其脉络可以追溯，而中国现代旅行文化也与国族建设、边界划定、国家想象、反殖运动、身体政治一脉相承；其二，从风景建构的角度探讨文学与地理的关系。文学与地理之间相辅相成，互相依存，海外中国研究学者从文学再现、景观塑造、文人身份、文化政治等角度来探寻；其三，以单一景点、单个旅行家/探险者/冒险家的角度，以点概面、管中窥豹，以此来理解中国大陆旅行书写。海外汉学以不同视角来重绘从古至今中国旅行的别样图景。海外汉学在中国主流研究的基础上推出了一些新见，与中国大陆研究学界互相映照，互为补充，相互影响，交互借鉴。第二篇以美国汉学家高彦颐《闺塾师：明末清初江南的才女文化》具有典范性的阐释明清女性智识世界的建构理论出发，从城市文化与女性旅行角度讨论作为能动主体的明清女性的知识生产和身份建构。明清知识女性在参与城市文化的建构之中，通过游刃有余的情商，厚积薄发的才华，左右逢源的社交，不断努力挑战甚至打破加诸其身的陈规戒律与繁文缛节，从而为自我以及女性共同体开辟出一个富有意义的生存与生活空间。正是因为明清城市文化的日渐繁盛以及她们不断积累的文化与社会资本，上层知识女性才能在创作实践和日常生活中有机会实现身体与思想的自主"流动"和"流转"，在一定程度上展示其能动性与自主性。女性旅行可以从性别研究的角度来重新思考明清女性在中华帝制晚期的角色身份与地位。

本书的第三部分五篇文章从近年出版的五本颇具影响力的海外汉学学术专著出发，以每本书所涵盖的时期先后为序，总结归纳最新的研究范式和理论框架，旨在探寻近来海外中国文学和文化研究的新动向与新趋势。不管是从概念史的角度抽丝剥茧，还是以流派出发纵览中国现当代文学创作的发展历程，抑或分析中国现代乡村在时代演进中所扮演的角色，或者对于当代中国的物质文化进行抽丝剥茧的梳理，近来海外汉学学术发展呈现出的学术多样性为我们认识现代中国提供了新的思路。除本部分第一篇所评述的学术著作《群众：现代中国知识分子的书写与想象》于2024年由上海人民出版社出版中译本之外，其他四本学术专著截至本书出版时尚无中译本问世。第一篇讨论一本关于现代概念史著作——肖铁《群众：现代中国知识分子的书写与想象》。这是一本追溯与重构"群众"这一概念从晚清民国时期不断演进与发展的概念史、文化史与思想史的知识谱系学研究专著。该书跨越心理学、历史学、文学等多学科领域，探讨了不同领域知识分子（作家、哲学家、心理学家、政治理论家）在小说、诗歌、哲学，以及心理学著作中对于"群众"概念的认知、解读与再现。第二篇讨论王鸿渐所著的研究中国现当代文学"颓废"流派的著作——《现代中国文学与文化中的颓废：一种比较与文史重估》。该书提出对中国现当代文学中的"颓废"源流与其风格变异重新进行评估与评价，反对对流派作盖棺论定式的贬低。书中剖析了郁达夫如何在私小说领域内，借由个人化的颓废叙事策略，隐晦地传达国族伤痛，并对传统道德规范提出质疑；而邵洵美则以外在的颓废浪漫主义风格参与启蒙运动，巧妙地将文学创作与商业出版活动融为一体。进一步地，余华与苏童的创作分别呈现了"颓废"美学的双重面向：余华在坚守暴力美学的同时，亦积极探索人文主义的复兴之路；苏童则基于对现实世界的深刻怀疑，展现了人物命运的沦丧与毁灭。此外，王朔、王小波及尹丽川等作家，各自以其独特的"颓废"文风彰显了个人主义的立场。王朔笔下虽不乏离经叛道的角色，但仍不失对传统美德的坚守；王小波与尹丽川则通过颠覆既存社会价值体系，凸显了个性与独特性的重要性。值得注意的是，与西方颓废主义对中产阶级生活方式的反叛特质不同，中国颓废主义并未涉及对精英生活的抵制，而是致力于探索传统道德观念与现代启蒙精神的融合，从而开辟出一条迥异于西方颓废思潮的发展路径。第三篇讨论张宇研究现代农村想象与建构的学术著作——《下乡：中国现代文化想象中的农村，1915—1965》（简称为《下乡》），此书探讨了农村为中国启蒙、革命和社会主义提供的三种"愿景"。《下乡》首先研究以返乡为主题的社会调查散文和情感小说；其次，分析了落后的农村如何变成了广大知识分子认为的充满希望的乌托邦与实验改造理念的场所；最后，重点探讨了小说和电影如何描绘工业化农村的美学形象。在"冷战"时期，社会主义工业在农村兴起和发展，此后形成了独具特色的中国民族企业的身份。作为一部系统研究中国农村如何在中国现代社会发展中发挥重要作用的学术专著，此书研究范围从民国时期到当代中国，为研究城市与农村之间的互动动态关系开辟了一条新路。第四篇将视角转向社会主义电影生产。陆小宁《锻造社会主义主体：电影与中国现代性，1949—1966》一书的出版以一种超越传统影视视觉分析理论框架的讨论模式，融合接受美学、景观研究、社会主义政治、社会主义群众运动、社会主义科技史等理论方法，丰富既往"十七年"电影研究，在推进社会主义时期视觉生产研究中颇富特色。该书不仅对影片内容、类型、思想、身份、语言等加以文本细读，同时也讨论影片在生产、制作、传播、流通、消费过程中所牵涉的各类人群，包括但不限于电影演员、导演制片、电影放映员、观影人员等。承袭既往关于社会主义初期文艺生产研究的海外汉学研究范式，陆小宁探讨了电影在社会主义中国成立初期所扮演的角色。本部分最后一篇将视角转向新中国成立初期，聚焦前沿物质文化研究理论如何应用于当代中国语境。物质文化研究作为近来新兴的理论，同样可以应用到中国语境之中。既往物质文化研究在中国古代时期的器物实体、日常生活风俗、物件生产、流通、消费以及背后的政治经济、社会文化机制等方面的成果颇丰；而较之古代中国物质文化研究，社会主义新中国成立初期以及当代中国的物质文化研究则相对寥落。罗芸（Laurence Coderre）的《社会主义新生事物：新中国成立初期的物质性》（简称为《社会主义新生事物》）开辟了研究社会主义新中国物质文化的新面向，从声音、商品、身体三个方面研究社会主义物质文化风貌。《社会主义新生事物》描绘在社会主义新中国成立以来出现的与"物"以及与物连结的新现象与新关系，勾勒人民物质生产、流通、消费的丰富图景，凸显社会主义商品生产与销售的转型路径，分析社会主义新生事物与身体政治之间的关系。此书一新耳目，为学界提供了研究新中国社会主义物质文化别样图景的新范式。

《思与行：海外中国文学研究动态的述与评》全书涵盖的海外汉学学术成果大部分局限于美国本土，对于欧洲地区汉学研究涉猎不多，挂一漏万，在所难免。希望在今后能有机会查缺补漏，深耕细作。循着全书三个部分之思路，也许可以继续整理出欧洲汉学中国文学研究的最新研究脉络与路径。在解构/后解构、后殖民、后现代、创伤、记忆、位移、基础设施等各类理

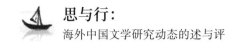

论轮番登场，语言学转向、空间转向、位移转向、物质转向等理论转向不断翻新。海外汉学家不断尝试将这些理论代入现代中国的语境之中。本书旨在从宏观到微观，从大方向到小切口，从明清至民国时期再到新中国成立之后的当代中国，力图整理与描绘海外中国文学研究的一些范式。通过各类材料的细织密结，各种理论的援引调用，海外汉学家往往可以从细微之处出发，富有逻辑性地勾勒现当代中国的政治、经济、社会、历史与文化图景。本书致力于通过系统分析和著作评论，从新批评文本细读的角度提供一个综合性的视角来审视海外中国文学研究的现状，不仅希冀将海外中国文学研究的成果引介进入中国本土，也希望为中国现当代文学研究学者提供一些有益的参考和借鉴。在全球学术交流与联系日益紧密的当下，知识、理念、观点、看法的跨境越洋流转越来越便利，中西学术圈并不受制于地理版图与意识形态的桎梏，在双向对话沟通的背景下，求同存异，从而建构起一个多元与包容的学术共同体。本书也希望通过搭建中西学术桥梁，抛砖敝见，芹献拙论，以俟方家斧正。

别天洞见：
海外中国文学研究新思路与新方向

翻译政治、汉学研究、视觉表征、阅读平台：作为世界文学的中国古典文学"再经典化"的四个路径

一、引　论

　　要推动中华优秀文化创造性转化、创新性发展，以时代精神激活中华优秀传统文化的生命力。讲好中国故事，传播好中国声音，中国古典文学的传播历来承担了非常重要与艰巨的任务。中华经典文本的外译与流转，中华传统文人形象的形塑与建构，中华传统文化的域外传播与散布，推动了中华文化走出中国、走向世界，成为世界文学的一部分，也为世界人民了解中国古往今来的社会历史风貌提供了丰富的资源。传统中国文学的经典化，往往是借由传统中国文学史书写而确立的意识形态标准来予以塑形——伟大的作家作品，应该具有久经考验的人民性、高度自觉的阶级性、质胜于文的艺术性等基本特征。职是之故，推介到世界文学的舞台上的中国文学名人名著，易受到本土文学史观的民族/国族情感认同的主动影响以及政治角力的辐射。这些中国文学经典理所当然代表着独特的"中国性"（Chineseness），然而其经典地位在进入世界文学语境的时候，要面对一系列差异化的异国文学传统的挑战、质疑、抵抗、收编、融合与同化，最终在他国语境之中被"再经典

化"。在这一过程中，扮演着"世界中"（worlding）①推手角色的文化活动和文化媒介，是经由什么样的"再经典化"的途径，保证或促成了这些传统中国文学经典锚定为世界文学中不可动摇的标杆，这正是本文力图追溯与还原的历史图景。

对于文学文本经典化在历史迭代中的演进与发展，学者们形成了相同的共识。童庆炳和陶东风也指出，经典的建构、解构和重构涉及各种因素的对话，包括文本和文本、文本和读者、文本和历史等。②换句话说，经典之所以成为经典具有其复杂的对话脉络机制。"文学经典往往是在回溯我们的文学历史时，通过不断比较被逐渐遴选出来的。通过'遴选'，会有一些文本被认为比其他文本具有更大的保存与继承价值。"③刘悦笛曾指出，"被封为经典，总是需要一个历史过程的，其中的关键词为'时间'。文学文本的流传本身，就是个不断积淀的过程，留得住的就是经典，这关于一种动态淘洗的历史筛选机制"。④张伟也指出，"经典之所以成为经典，其本身就是一个在不同的时代对不同的文化语境做出的调适与回应，在张扬自我与对接现实、阐释中不断发生着互动式的建构与重构，亦即经典的传承与延续的过程更是经典不断'再经典化'的过程"。⑤学者们对于"再经典化"过程中的堆叠

① 王德威借用与援引海德格尔提出的"世界中"的概念，指出："海德格尔将名词'世界'动词化，提醒我们世界不是一成不变地在那里，而是一种变化的状态，一种被召唤、揭示的存在的方式（being-in-the-world）。'世界中'是世界的一个复杂的、涌现的过程，持续更新现实、感知和概念。"见王德威主编：《"世界中"的中国文学》，《哈佛新编中国现代文学史·导论》，成都：四川人民出版社，2022年，第20页至第21页。

② 童庆炳、陶东风主编：《文学经典的建构、解构和重构》，北京：北京大学出版社，2007年。

③ 翁再红：《走向经典之路——以中国古典小说为例》，南京：南京大学出版社，2014年，第3页。

④ 刘悦笛：《当代文学：去经典化还是再经典化》，《文艺争鸣》，2017年第3期。

⑤ 张伟：《"视觉转向"与文学经典"再经典化"的演化逻辑——兼及建构"视觉批评学"之可能》，《南京社会科学》，2017年第4期。

和累积特质，以及文学作品不断通过后人"再解读""再阐释""再重塑"的方式，适应不同时代语境，逐步确立起经典化/正典化的地位。

对于传统中国文学中的经典文学人物和作品可以说是众说纷纭，难以定论，不过我们如果在选取样本的时候以其"世界性"为考量因子的话，不妨参照一个半官方机构制定的标准。世界和平理事会（World Peace Council）在 20 世纪五六十年代推选出一批"世界文化名人"（world cultural celebrities），屈原、关汉卿和杜甫分别在 1953 年、1958 年、1962 年以中国古代文学家身份被世界和平理事会推选而获得提名。尽管这一组织的"世界文化名人"推选带有较强的"冷战"色彩意味，然而三位文人在当代也依然顶着这样的独有光环，并没有更权威的"世界文化名人"的版本取代或增补进入这一名单（比如李白、苏轼、汤显祖、曹雪芹、蒲松龄等有资格的文学大家都成沧海遗珠）。然而，当我们挑选杜甫等几位代表传统中国文学经典地位的文学家来检视其在"世界中"的进程之时，发现他们以其文学成就标准（而非文化政治标准）成为"世界文学经典"并不是理所当然、天经地义的；了解他们的"再经典化"进程中的路径，是推动中国文学乃至华语语系文学走向世界文学的必要探索。

本文考察途径受益于学术期刊《现代中国文学与文化》（*Modern Chinese Literature and Culture*）于 2016 年"作为世界文学的中国文学"特刊的理论资源与取向，以及 2022 年由邱贵芬、张英进主编结集的《作为世界文学的中国—华语语系文学的创制》（*The Making of Chinese-Sinophone Literatures as World Literature*）①文集的诸多概念框架与方法论旨趣。通过采用量化分析与质性分析相结合的方式，辅以文本分析与历史分析，对中国古典文学进入世界文学殿堂，在域外"再经典化"的过程尽管对作为世界文学的中国文学和

---

① Kuei-fen Chiu, Yingjin Zhang, eds. *The Making of Chinese-Sinophone Literatures as World Literature*. Hong Kong: Hong Kong University Press, 2022.

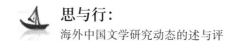
华语文学来说，现当代文学才是主战并且借由海外汉学学术研究的大力推广被海外接受了解；然而对古典文学中的经典的再考察，或许更能冲破既有窠臼式观念，能为"重写文学史"提供立场和资源。本文力图还原"再经典化"这一文化概念，是关注其过程而非其结果，关注其流变而非其结论，关注时代性而非当代性。

二、翻译：跨语际实践

世界文学早期定义源自约翰·沃尔夫冈·冯·歌德（Johann Wolfgang von Goethe），彼时他呼唤大众超越固有国别文学的阅读藩篱，关注其他国家的文学；而他的世界文学阅读启蒙也来自翻译文本。根据大卫·丹穆若什（David Damrosch）关于世界文学考量标准的定义，"流通性"（circulation）成为国别文学成为世界文学的重要指标之一。[1]他还提出，世界文学是"所有在其原来的文化之外流通的文学作品"，并且"活跃在超出原有文化范围之外的另一个文学系统中"。[2]因此，如何"流通"，怎样"活跃"？如何成为"世界文学"，拥有更多非母语的阅读受众，翻译是必经之路。具有世界文学声誉的作品，虽然不必都获得世界文学主流评判奖项的青睐，但至少是其是否成功进入世界文学跨语际读者圈视野的标准之一。除了众所周知的诺贝尔文学奖得主莫言（2012）之外，区域型重磅文学奖的颁奖或提名，如英仕曼亚洲文学奖得主姜戎（2007）、法国"国际信使"外国小说奖得主余华（2008）、卡夫卡文学奖得主阎连科（2014）、雨果奖得主刘慈欣（2015）等

---

[1] David Damrosch. *What is World Literature?* Princeton: Princeton University Press, 2003, p.4.

[2]［美］大卫·丹穆若什著，查明建、宋明炜等译：《什么是世界文学?》，北京：北京大学出版社，2014年，第5页。

人的代表作品，被翻译成三四十种语言在当地读者语境中传播，对这一问题的更多分析，文棣（Wendy Larson）对高行健和莫言小说与世界文学关系作了详尽的讨论。①

反观杜甫这位古典文学经典人物在世界文学"再经典化"进程中，虽然不如前述政治文化话语支配中的"文学奖"的肯定和推进，但翻译在跨语际实践中仍然扮演着类似的重要角色。"跨语际实践"（translingual practice），这里借用刘禾（Lydia H. Liu）的术语，其研究重心关注的并不是技术意义上的翻译，而是翻译的历史条件——"把语言实践作为多重历史关系赖以呈现的场所加以考察"。②杜甫在英语世界的传播英译代表集应自艾思柯（Florence Ayscough）《杜甫：一位中国诗人的自传》（*Tu Fu: Autobiography of a Chinese Poet*，1929）始，洪业（William Hung）的《杜甫：中国最伟大的诗人》（*Tu Fu: China's Greatest Poet*，1952）成为杜甫诗集最具影响力的英语译本之一。此后出现了不少选译本，如路易·艾黎（Rewi Alley，1964）、大卫·霍克思（David Hawkes，1967）、A.R.戴维斯（A. R. Davis，1971）、亚瑟·库珀（Arthur Cooper，1973）、山姆·汉米尔（Sam Hamil，1988）、戴维·辛顿（David Hinton，1989）、基思·霍尔约克（Keith Holyoak，2007）、大卫·杨（David Young，2008）、乔纳森·韦利（Jonathan Waley，2008）、珍·伊丽莎白·沃德（Jean Elizabeth Ward，2008）、马克·亚历山大（Mark Alexander，2010）等，当中值得一提的有三：一是知名汉学译者波顿·华兹生（Burton Watson）的《杜甫诗选集》（*The Selected Poems of Du Fu*，2003）由哥伦比亚大学出版社出版之后，又于2009年收入外文版中国文化典籍的国家重大出

---

① Wendy Larson, "Space, Place, and Distance: Gao Xingjian, Mo Yan, and the Novel in World Literature," in Kuei-fen Chiu, Yingjin Zhang, eds. *The Making of Chinese-Sinophone Literatures as World Literature*. Hong Kong: Hong Kong University Press, 2022, pp.145-163.

② 刘禾著，宋伟杰译：《跨语际实践：文学，民族文化与被译介的现代性（中国，1900—1937）》（修订译本），北京：生活·读书·新知三联书店，2014年，第2页。

版工程"大中华文库"出版，取得了官方的认可与认证。这更是一种文化经典反向流动的典型案例。二是詹姆斯·R.墨菲（James R. Murphy）以非学界的业余爱好者身份出版《墨菲译杜诗》（*Murphy's Du Fu*，2009）是第一个英译全本，但质量和流传度不高。三是被学界誉为集大成的杜诗全译本，宇文所安（Stephen Owen）的《杜甫诗》（*The Poetry of Du Fu*，2015），代表着杜甫在西方世界学术研究的新坐标和新底本，并由此催生了后续的一系列研究学术会议的召开和论文专著选集的出版，成为西方汉学界的研究热门之一；入选该书出版社"中华人文经典文库"（Library of Chinese Humanities），也开启了对中国古代文学经典别集全译的文化工程。杜诗在法语世界的传播虽不如英语语境，但在国际杜诗学中不容小觑，代表译者有程抱一（François Cheng，1983）、乔治特·雅热（Georgette Jaeger，1989）、程英芬等（Wing-fun Cheng、Hervé Collet，1987/1995）、胡若诗（Florence Hu Sterk，2000/2003）等。郁白（Nicolas Chapuis）的《杜甫诗全集》（*Du Fu: Œuvre Poètique*），尽管目前只推出前三册（2015—2021），但其陆续面世建立在强劲的学术功力、扎实的汉学/汉语水平和开阔的译介视野基础之上，值得持续关注。然而值得特别指出的是，杜甫在西方世界的第一个全译本是出自奥地利汉学家赞克（Erwin von Zach）之手，他1925年即在《泰东》（*Asia Major*）发表部分译作，德文全译本《杜甫诗》（*Tu Fu's Gedichte*，1952）由海陶玮（James R. Hightower）编辑出版，而出版时间和出版社与洪业的专书恰好完全一致。德语世界另外也有多本杜诗译本，例如贺炜沃（Werner Helwig，1956）、齐滕迪（Dieter Ziethen，2009）、谢娜赫（Helga Scherner，2016）等人的译本。日语学界的翻译也值得注意，代表作如铃木虎雄《杜少陵诗集》（1928—1931）、吉川幸次郎《杜甫诗注》（1977）、吉川幸次郎和兴膳宏《杜甫诗注》（2012—2016）、下定雅弘和松原朗《杜甫全诗译注》（2016）等。此外，由于杜甫的文化地位，他的作品还有数十种语言的译本，以成都杜甫草堂博物馆馆藏杜诗的情况为例，就收录了英文、法文、德文、俄文、意大利文、西班牙文、瑞典文、芬兰文、匈牙利文、捷克文、波兰文、阿尔巴尼亚文、罗马尼亚文、日文、韩文、印尼文、马来文、泰文、越南文等19种之多。除了要考虑汉语的发音、字形、语法特征等语言形式的独特性，在翻译过程中还不能不体现基于不同文化背景的差异思维和行为模式，杜诗被译为外语进入另一语境，必定会失去原有的审美意蕴和寓意深度，因此，无论是在哪一种的跨语际实践中，译者们为了照顾本国读者的阅读理解需求，多选择在直译和意译、异化和归化之间寻求某种微妙的平衡，然而在对仗精妙、意象精准、典故精深方面，还是很难还原杜甫在原初语境中的"诗圣"地位。尽管如此，作为中国文学成为世界文学的代表人物，杜甫在全球语境中的"封圣"过程依然呈现欣欣向荣的一面。如此多版本、多语言的大量翻译实践，在不同时代与年代，杜甫的生活方式、思想风格、作品结构等被不同读者调用，常读常新。目前，根据谷歌搜索量显示，输入关键词杜甫（Du Fu），检索量已经高达45亿4000条。

较之杜甫，另外两位"世界文化名人"的译介情况也呈现多彩多姿的一面。对屈原和《楚辞》的正式英译始于阿瑟·魏理（Arthur Waley）的《郊庙歌辞及其他》（*The Temple and Other Poems*，1923），之后他又对《九歌》进行了笺注式翻译（*The Nine Songs: A Study of Shamanism in Ancient China*，1955），聚焦于中国古代的萨满教巫术文化。魏理本人并不精通汉语，他的翻译文本有比较大的发挥空间，关注点也比较有一种早期的东方主义色彩。而被西方学界奉为《楚辞》英译本圭臬的是大卫·霍克思（David Hawkes）的《楚辞：屈原们的南方诗骚选集》（*The Songs of the South: An Ancient Chinese Anthology of Poems by Qu Yuan and Other Poets*，1959/1985）。先是1959年出版楚辞全译本，1985年推出再版修订本，以霍克思在欧洲汉学界的声誉地位，带动了屈原及《楚辞》的关注热度。然而之后屈原作品英译渐趋沉寂，直到2022年初，魏宁（Nicholas Morrow Williams）以薪火相传之姿再出《楚辞》全译本（*Elegies of Chu: An Anthology of Early Chinese Poetry*，2022），向前辈致敬。《天问》译本另见田笠（Stephen Field, *A Chinese Book of Origins*，1986）。在法语世界里，屈原作品也有德理文（Hervey de Saint-Denys，1870）、让-弗朗西斯·罗霖（Jean-François Rollin，1990）、雷米·马蒂厄（Rémi Mathieu，2004）的几个译本。然而，屈原的翻译始终受限于《楚辞》独特的文体特征和地域特色，这是不争的事实。关汉卿尽管生平未详，却是毫无争议的元曲大家，被誉为"中国的莎士比亚"，尤以其代表杂剧《感天动地窦娥冤》为例，英译选段自19世纪20年代即已问世，20世纪中叶起开始涌现出诸多英译全本，如杨宪益、戴乃迭合译 *Snow in Midsummer*，收入《关汉卿戏剧选》（*Selected Plays of Guan Hanqing*，1958/1979/2004；亦收入"大中华文库"）；刘荣恩（Liu Jung-en）译 *The Injustice Done to Tou Ngo*，收入《元杂剧六种》（*Six Yuan Plays*，1972）；时钟雯（Chung-wen Shi）译 *Injustice to Tou O(Tou O Yüan): A Study and Translation*（1972），又收入梅维恒（Victor H. Mair）编《哥伦比亚中国文学作品简编》（*The Shorter Columbia Anthology of Traditional Chinese Literature*，2000）；杨富森（Richard F. S. Yang）译 *Tou O Was Wronged*，收入《元曲四种》（*Four Plays of the Yuan Drama*，1972）；奚如谷（Stephen H. West）、伊维德（W. L. Idema）合译 *Moving Heaven and Shaking Earth: The Injustice to Dou E*，收入《中国早期戏剧十一种》（*Monks, Bandits, Lovers, and Immortals: Eleven Early Chinese Plays*，2010）；高克毅（George Kao）、李惠仪（Wai-yee Li）合译 *Rescuing a Sister*，收入夏志清、李惠仪、高克毅编《哥伦比亚元曲选》（*The Columbia Anthology of Yuan Drama*，2014）等。此外，他的其他杂剧如《关大王独赴单刀会》《赵盼儿风月救风尘》《闺怨佳人拜月亭》《包待制智斩鲁斋郎》《包待制三勘蝴蝶梦》《望江亭中秋切鲙》《温太真玉镜台》《邓夫人苦痛哭存孝》等均有英译版，

而其他语种亦包括法文、德文、俄文、日文等译本。其中，法译本2007年是由杨宪益、戴乃迭等英译本转译，而俄译本的数个版本则主要集中在20世纪五六十年代。由于西方戏剧传统非常悠久，中国戏剧由于其本土语境的关系，在西方受众度不如诗歌类型高，但是由于中国爱情故事的主题特质，西方对于中国的爱情主题戏剧往往译介较多。

相比而言，李白和苏轼的作品尽管也拥有很多海外读者，然而至今英语世界不见一本李诗或苏诗苏词的全译本，《牡丹亭》《红楼梦》在英语世界的翻译热度也无法与杜诗和《感天动地窦娥冤》相提并论。不过值得留意的是，与世界文学主流评判奖项授予而获得国际名声相反，以杜甫为代表的"世界文化名人"的称号并不是因为翻译之功而是出于时代形势和民族意识的需求进入国际阅读世界。但反过来说，这一头衔却能实实在在地促进这些文学家的作品走向世界文学的舞台。正如张隆溪所期望那样："若是想让中国伟大的文学家及其经典作品成为世界文学的一部分，我们在文学翻译和文学批评方面仍然需要做大量艰苦卓绝的工作，这是具有语言翻译技能以及对中国文学和世界文学抱持奉献热爱的所有学者的任务。"[1]诚如斯言。

三、汉学研究：跨文化学术

不同于国内高校的规模建制，国外学界多以个体学者或师承关系为主，他们对中国文学的研究本质上是"外国学"研究或者说"区域研究"，难免会有东方主义和后殖民主义的色彩与痕迹，而且伴随着文化批评的转向，也

---

① Zhang Longxi, "Chinese Literature, Translation, and World Literature," in Kuei-fen Chiu, Yingjin Zhang, eds. *The Making of Chinese-Sinophone Literatures as World Literature*. Hong Kong: Hong Kong University Press, 2022, pp.25–39.

潜伏着理论先行、意图谬见和误读误识的危险，因此在国外汉学界，研究热点也多与西方学界一贯推崇的跨学科、跨方法、跨媒介、跨地域的研究范式息息相关。但不可否认的是，国外汉学界对中国文化名人和文学作品的研究热度，也跟以翻译为研究底本、定本、蓝本密不可分；引起学界关注的研究对象，更有机会在阅读受众中引起关注和接受，进而成为世界文学的一种，或者说纳入世界文学体系之中。

杜甫在世界文学的再经典化进程中的研究热度也很有代表性。以欧美汉学界为例，尽管对杜甫的译介很早就开始，但对杜甫的严肃研究和正式传记，还是要归功于1952年洪业的《杜甫：中国最伟大的诗人》一书。然而此后应者寥寥，直到20世纪90年代，才出现了两本研究专著：麦大伟（David R. McCraw）的《杜甫的南方悲歌》（*Du Fu's Laments from the South*，1992）和周杉（Eva Shan Chou）的《再议杜甫：文学丰绩和文化语境》（*Reconsidering Tu Fu: Literary Greatness and Cultural Context*，1995）。杜甫的研究论文也不算多，先后有谢立义（Daniel Hsieh，1994/2009/2014）、麦大维（David L. McMullen，2001）、陈伟强（Timothy Wai Keung Chan，2007）、蔡涵墨（Charles Hartman，2008/2010）、罗吉伟（Paul Rouzer，2011）、柏藤森（Gregory Patterson，2015）、马西莫（Massimo Verdicchio，2017）等人的数篇；不过近年也出现了多部以杜甫为主题的博士论文，作者包括郝稷（2012）、柏藤森（2013）、陈珏（2016）、卢本德（Lucas R. Bender，2016）等，其中郝稷的《杜甫及杜诗在中国古代的接受史》[*The Reception of Du Fu (712-770) and His Poetry in Imperial China*，2017]、卢本德的《杜甫之变》（*Du Fu Transforms: Tradition and Ethics Amid Societal Collapse*，2021）都成书出版。年轻学者选择杜甫为研究对象，美国汉学界的重磅泰斗宇文所安功不可没，除了他孜孜矻矻于唐诗研究本身之外，也凭借一己之力将杜诗全译（详见上节），正是以宇文所安《杜甫诗全译》出版为契机，"杜甫：中国最伟大的诗人"学术研讨会（Harvard University，2016.10.28-29）才在宇文所安所在的哈佛大学召开，这也是英语世界首次以杜甫为专题的学术研讨会，而西方汉学界第一本专门围绕杜甫研究结集而成的论文集［田晓菲编《九家读杜》（*Reading Du Fu: Nine Views*，2020）］也于稍后出版问世，就地域而言，"一全译"在欧洲出版，"一会议"在美洲召开，"一论集"在亚洲结集，仿佛映照着杜甫研究在汉学全球化之旅中成就世界文学的再经典化进程。正如有学者指出，当代北美汉学界杜甫研究有三大研究取向：其一，关注文本多于作者，偏向于杜诗学研究而略轻于杜甫学研究；其二，强调文化史重于文学史，偏向于文化批评而略轻于文学批评；其三，警惕权威性盖过多元性，偏向于哈佛系传承而略轻于汉学界整合。这些取向和趋势，正是中国文学经典走入世界文学再经典化过程中的一些汉学研究面向上的共性。①日本学界的杜甫研究则一直相对热门，成立日本杜甫学会，仅以近二十年为例，杜甫研究就出现了曹元春（2000）、小尾郊一（2001）、缲井洁（2002）、太田亨（2003）、吉野进一（2003）、黑川洋一（2005）、王京钰（2006）、佐藤浩一（2007）、宇野直人（2007）、古川末喜（2008）、兴膳宏（2009）、后藤秋正（2011）、松原朗（2013）、松原朗（2018）、长谷部刚（2019）、向岛成美（2019）等人的诸多研究专著、博士论文和普及读物，繁荣程度可见一斑，这一情形可为桥本悟对鲁迅在日本的传播研究一文提供特别的借镜。②此外，2012年，纪念杜甫诞辰1300周年国际研讨会也在越南河内召开，成为杜甫在东南亚传播的一个表征。杜甫成为海外汉学界致力研究人物中的标杆。

---

① 周睿：《北美汉学界杜甫研究的当代取向与发展趋势》，《杜甫研究学刊》，2021年第4期。

② Satoru Hashimoto, "Intra-Asian Reading; or, How Lu Xun Enters into a World Literature," in Kuei-fen Chiu, Yingjin Zhang, eds. *The Making of Chinese-Sinophone Literatures as World Literature.* Hong Kong: Hong Kong University Press, 2022, pp.83-102.

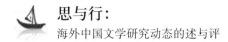

　　但是，另外两位"世界文化名人"的研究情况则相对寥落。英语世界的楚辞研究，除了魏理和霍克思之外，以海陶玮、葛瑞汉（Angus. C. Graham）、陈世骧（Shi-hsiang Chen）、柯睿（Paul W. Kroll）、陈伟强、夏克胡（Gopal Sukhu）、吴伟克（Galal L. Walker）等的数篇论文为代表，专书研究仅见杰弗里·沃特斯（Geoffrey R. Waters）的《楚辞三赋》（*Three Elegies of Ch'u: An Introduction to the Traditional Interpretation of the Ch'u Tz'u*，1985），后续研究乏力。在日本学界，20世纪从事楚辞研究的学者名家辈出，例如铃木虎雄、青木正儿、吉川幸次郎、冈村繁、西村时彦、竹治贞夫、赤冢忠等，但楚辞研究热度在西洋和东洋学界远不如《诗经》。关汉卿及其剧作的研究情况，有杜为廉（Wiliam Dolby）、西顿（Jerome P. Seaton）、谢辰佑（Chen-ooi Hsieh Chin）、夏颂（Patricia A. Sieber）等的博士论文以关汉卿为题，其中杜为廉于1980年代在爱丁堡大学出版社推出数本关汉卿研究专著，夏颂、奚如谷等也是美国汉学界少有的几位关汉卿研究学者。至于李白、苏轼、《西厢记》《牡丹亭》《红楼梦》的研究的绝对数量仍不过寥寥（像是对英美现代诗意象派印象颇大的李白，在美国汉学界的研究专著不过两三本），但仍能堪称国外学界中国古典文学研究的热点。对学术场域和中国文学地位的关注，张英进指出，中国古典文学进入世界经典文学殿堂，海外学术研究的贡献功不可没。①

　　在跨文化学术的语域中，还有一个耐人寻味的指标，那就是作家作品在文集中的入选收录情况。杜甫在中国历代文学选本中的位置自然是众生之上，但在海外书写编纂的文学史和文学作品集中的位置又是如何？以几本大型的英文版中国文学作品选为例：白之（Cyril Birch）《中国文学选萃》（*An-*

---

　　① Yingjin Zhang, "Locations of China in World Literature and World Cinema," in Kuei-fen Chiu, Yingjin Zhang, eds. *The Making of Chinese-Sinophone Literatures as World Literature*. Hong Kong: Hong Kong University Press, 2022, pp.40–62.

thology of Chinese Literature，1965—1972），宇文所安《诺顿中国文学选》（*An Anthology of Chinese Literature*，1996），梅维恒《哥伦比亚中国古典文学选》（*The Columbia Anthology of Traditional Chinese Literature*，1996）、《哥伦比亚中国古典文学选简编本》（*The Shorter Columbia Anthology of Traditional Chinese Literature*，2000）。《中国文学选萃》选录杜诗12首，可资颉颃的唐代诗人李白、王维、白居易、李商隐入选作品分别为13、9、7、14首，但入选作品最多的诗人并不在此列，而是选入24首的寒山诗，几乎是李杜诗的总和。同样，该书选录《楚辞》10篇，但《诗经》多达33篇；关汉卿作品未入选，所选杂剧来自康进之和马致远。《诺顿中国文学选》体例不拘一格而自成体系，杜甫单列成节，按主题或时段分类6组，收入诗作34首，并在其他章节附收12首，这与宇文所安本人的研究兴趣息息相关，不过李白诗也收入12+19首，王维诗29+10首，苏轼诗词36首。再看《楚辞》，该书分两节收录屈原作品及楚辞传统作品，前者收录《九歌》《离骚》11篇，后者收录《远游》《高唐赋》《神女赋》《洛神赋》《招魂》等作品9+1篇，地位显而易见，但较之收入《诗经》62篇，则小巫见大巫。关汉卿收入散曲小令2支以及杂剧《赵盼儿风月救风尘》1本，这也是该书收录的唯一一部元杂剧，而马致远收入散曲小令6支、套数1个。《哥伦比亚中国古典文学选》及其简编本中杜甫诗仅有8（简编本4）首，而李白诗9（简编本6）首、词1首、文2（简编本1）篇，苏轼诗7（简编本3）首、词9（简编本3）首、赋2（简编本1）篇。有趣的是，前一本书收录楚辞篇章仅2篇，后一本书中的杂剧则也仅收录关汉卿的《感天动地窦娥冤》全本，传奇选了《牡丹亭》第七折。通过如此的经典再确认和再塑造，它们成为翻译中的中国文学的代表。

作为新概念的"世界文学观"的倡导者，哈佛大学教授大卫·丹穆若什本人主编的《培生世界文学选集》（*The Longman Anthology of World Literature*，2004/2008）摒弃了欧美中心论，将亚非拉文学等量齐观，提供了一个重新审视世界文学的立场和视角。在 B 卷"中古中国"（Medieval China）中，杜甫有 6 组作品（含《秋兴八首》）入选，对比其他唐代诗人，李白、王维、寒山分别入选 11、12、11 首。有趣的是，在"唐诗"的条目之下，代表唐诗也仅有王维、李白、杜甫数量上互为持平的作品，外加白居易的《长恨歌》。类似的世界文学作品集还包括保罗·戴维斯（Paul Davis）的《贝德福德世界文学选集》（*The Bedford Anthology of World Literature*，2003），唐代诗歌的代表也与培文版完全一致，王维、李白、杜甫、白居易的诗选分别是 2、3、4、2 首。马丁·普克纳（Martin Puchner）的《诺顿世界文学选集》（*The Norton Anthology of World Literature*，2012）更厚重翔实，然而在第二册里唐诗代表上仍然未跳脱上述四位诗人的范围，选诗分别是 10、11、10、5 首，此外选择"中古中国"文学代表时，选了陶渊明诗 15 首、寒山诗 14 首、李清照词 6 首以及元稹的《莺莺传》1 篇。这三本世界文学选集的雷同度也进一步推动了杜甫的经典地位。然而仍有例外，劳拉·盖蒂（Laura Getty）主编的《袖珍世界文学选集》（*Compact Anthology of World Literature*，2015）第二册对中国文学进行介绍之时，只选了李白诗 8 首和《三国演义》选段，其他的一律未提。虽然这本书的编纂水准有待考察，但亦可管窥杜甫在世界文学中的经典地位也并非一成不变。

四、视听：跨媒介呈现

在当今的文化研究范畴中，文学的流通并不仅限于传统意义上的书面读写和口头传播；借助影像媒介进行文化传播的视觉化呈现，能够在新媒体时代赢取更多的受众。文学与影像作品互动共生的形态，已成为当代文化转型的推力和当代社会文化思潮的表征。正如有学者指出，"现代视觉表征机制增强了文学经典的消费属性。借助电子、数字媒介的技术支撑，现代视觉表征机制将传统'形而上'的、小众的文学经典衍化为现代大众文化狂欢，增强了大众对文学经典的裁决权，赋予经典文本以现代症候与文化表征"。①文学经典的视觉转向是中国古典文学成为世界文学、实现"再经典化"的重要一环。中国古典文学在成为世界文学、进入差异化语境之中，通过在地化的文化适应、塑造与传播，在动态过程中检验其经典性和适从性。众所周知，18世纪时法国传教士马若瑟（Joseph H. M. de Prémare）将《赵氏孤儿》译成法文 *L'Orphelin de la Chine*，对欧洲戏剧界产生了深远影响。与书面阅读翻译文字不同，在舞台上配合"服化道"的形象展演，直观化要求更高。那么，在视觉化呈现的过程中，中国古典文学经典人物在世界文学"再经典化"进程中的改编、搬演、接受情况就值得单独探讨。

我们仍以杜甫为个案展开论述。中国大陆诸多的杜甫纪念建筑直观地体现出对杜甫生平事迹的重构/虚构，如巩义故里、成都草堂、成县草堂、长沙江阁、西安杜公祠、平江墓等；而影视中的杜甫，有2部纪录片（1962、2013）、2部电视剧（2006、2022）、2部话剧（2016、2019）、1部舞剧（2016）、1部音乐剧（2012）面世。大陆之外的华语地区也众声喧"华"，在香港创办新域剧团与香港戏剧工程的蔡锡昌编导的《诗圣杜甫》，2019年4月6日首演，2021年推出2.0版，"以'安史之乱'为经，以杜甫的二十五首诗为纬，编织出杜甫一生之同时，亦一窥唐朝的盛衰"。该剧以粤语为对白，列入"文化中国"系列，以呼应着华语语系研究学者杜维明所倡导的文化共享/文化中国途径。新加坡有一条杜甫街（Tu Fu Avenue），马来西亚有一家杜甫科技股份有限公司（Dufu Technology Corp. Bhd.），以名物方式宣示与中国古典传统的链接。2020年4月7日，英国广播公司（BBC）第四频道首播

---

① 张伟：《"视觉转向"与文学经典"再经典化"的演化逻辑——兼及建构"视觉批评学"之可能》，《南京社会科学》，2017年第4期。

英语世界的第一部杜甫纪录片，由迈克尔·伍德（Michael Wood）执导，以现象学还原的方式沿着杜甫诗史轨迹重建杜甫的诗圣一生，一时引起西方观众以及回传中国之观众的现象级观影。伍德先生指出，杜甫"不仅仅是一位诗人"，还被"历代人认为一直是国家道德良知的守护者"。①题名《杜甫：中国最伟大的诗人》（*Du Fu, China's Greatest Poet*）取名于英语世界第一本研究杜甫的同名专著（洪业著，1952年初版），纪录片中的诗作也是主要借用洪业该书的译文。纪录片中的几位专家式嘉宾，或是杜诗英译全本译者，或是洪业专书的中文译者，或是牛津大学的中国文学讲师，权威性、立体式对杜甫形象进行世界文学地位的界定，以归化策略（domesticating practices）向西方观众提供可资对比的文化参照，如宇文所安即在纪录片中将杜甫与但丁、莎士比亚相提并论。该纪录片的目的正是要突破杜甫限于东亚文化圈的诗圣地位和不朽声名，以世界文学的立场来观照杜甫，由英国著名影视演员伊恩·麦克莱恩（Ian McKellen）诵读杜甫数十首译诗。而这位英国国宝级演员正是以出演莎翁作品而享誉全球，在视听上铿锵有力地重现了"沉郁顿挫"的美感。不过，杜甫的形象建构上仍然有失于考证的地方，比如片中着力展现了一段题为"剑舞"（The Sword Dance）的武术化舞蹈表演，但杜甫作品《观公孙大娘弟子舞剑器行》中的"剑器"是空手而舞（《文献通考·舞部》），这样的误读难免带着浓烈的东方主义刻板印象的色彩；然而，BBC的国际影响力的确是把不列颠贝奥武夫时代的杜甫、具有民胞物与人文关怀共性的杜甫，推向了更广的受众群体。在视听化呈现上的杜甫，还出现在绘画和音乐作品中。明代画家沈周根据宋代诗僧绍嵩的五绝诗意绘制的《杜甫骑驴图》扇面图，现藏于云南博物馆，同样的题材，也出现在江户时代（17世纪）日本画家云谷等尔（Unkoku Toji）的纸本设色的挂轴画

① https://news.cgtn.com/news/2020-04-17/The-BBC-documentary-introduces-China-s-Tang-Dynasty-poet-to-the-West-PLKDwIIqQw/index.html.

（94.4cm×35.5cm）中，1913年起收藏于大英博物馆中。二图在视觉呈现上大异其趣：沈周的杜甫位于扇面中部，置身于参天大树、小桥流水以及三首题画诗的"环境"之中，蹇衣弓腰簪髻，所占扇面约为3%，带着中国水墨山水画的特色；云谷的杜甫位于悬轴正中，整幅画只有杜甫骑驴的人物形象，宽衣肩披秃发，所占画面约为35%，则完全是一派日本唐风画的意味。该馆还藏有日本浮世绘大家葛饰北斋（Katsushika Hokusai）的"诗歌写真镜"系列作品中的一幅《雪中送别图》（1833年，纸本木版），画意取自杜甫诗《送远》，是对荻生徂徕《唐诗选画本》（选诗基于明人李攀龙的《唐诗选》）六编之卷三的插画的再加工，"鞍马去孤城"成为构图核心，尽管人物只有背影，但佩剑和斗笠却是江户时代的流行样式；颈联"草木岁月晚，关河霜雪清"是环境刻画的蓝本，图上的雪压松枝茅屋凸显一联的内在关联，图下的雪浪翻滚寓意前途艰辛，恰是葛饰北斋标志性的《神奈川冲浪里》的巨浪图像的前身。此外，杜甫《饮中八仙歌》也是日本画家中意的题材，大英博物馆收录了江户时期铃木南岭（Suzuki Nanrei）、大西椿年（Onishi Chinnen）、张月樵（Cho Gessho）三位的同题立轴画作，还额外收入昭和时期丰道春海（Bundo Shunkai）的草书屏风（172cm×116.5cm）。这些表现杜甫的日本作品出现在伦敦展厅时，从东洋到西洋的跨境视觉化展现，就显得饶有趣味。中国台湾出生的叶俊良（Chun-liang Yeh）在法国成立的鸿飞文化出版社专注于童书出版，一本插画图书《客至》（L'invite arrive，2014），透过儿童视角用抽象简笔剪纸手法和高饱和度的暖色调，以法式浪漫解构/建构出另一种杜甫诗意，这一途径的讨论另见吴玫瑛对台湾童书《咕叽咕叽》的分析。①美国美术家布莱斯·马登（Brice Marden）的绘画作品从中国诗歌、书法、

---

① Andrea Mei-Ying Wu, "Taiwanese Picturebooks and Children's Literature as World Literature," in Kuei-fen Chiu, Yingjin Zhang, eds. *The Making of Chinese-Sinophone Literatures as World Literature*. Hong Kong: Hong Kong University Press, 2022, pp.186-199.

建筑汲取灵感，其为王红公（Kenneth Rexrot）英译的杜诗集（1987）配上插图在纽约彼得·布鲁姆（Peter Blum）画廊出版，作为艺术品为美国国家美术馆、波士顿美术馆、旧金山美术馆等主流艺术博物馆收藏。值得注意的是，它的出版不再是以杜诗的副文本（paratext）附庸之姿，而是旗帜鲜明地昭示其艺术独立性。另外，除了在中国大陆发行过三次杜甫杜诗的邮票之外，中国台湾和澳门地区也曾发行过纪念邮票。

囿于篇幅限制，本节不再列举屈原、关汉卿和其他古典文学名人在世界文学再经典化进程中的搬演、改编、接受情况，但显而易见的是，他们或多或少在视听化展现的文化舞台上，成为某种舶来甚至本地化的文化展演。比如，韩国江陵端午祭2005年被联合国教科文组织列为世界非物质文化遗产，其实无关纪念屈原，却一度成为中韩网民口水仗的焦点；新加坡自20世纪四五十年代开始举办"诗人节"（Poets' Day），时间就选在了端午节，1957年纪念屈原投江2300年之际，数十名新加坡华人雅集双林寺唱酬，辑成《丁酉诗人节双林寺雅集特刊》，后即有成立"新声诗社"之举。苏联从1952年起配合国际和平理事会世界文化名人活动，1958年发行了关汉卿的邮票，成为该国邮票史上出现的唯一一位中国古代名人，不过当中浓重的意识形态意味不容忽视；白居易的形象在日本受欢迎程度超过李杜。以白居易《长恨歌》为蓝本，由日本作家梦枕貘同名小说改编，陈凯歌执导的电影《妖猫传》（2017）大获成功即为明证；2003年收获七项奥斯卡大奖提名的美国电影《冷山》（Cold Mountain）改编自查尔斯·弗雷泽（Charles Frazier）的同名小说，取意于小说扉页上的唐代著名诗僧寒山的诗句。这些现象都提醒着我们，步入世界文学的过程，是不限于书面或口头传播的文学传统的；如果我们再考虑到更为广博的文化衍生品，例如"三国"文学传统在新世纪的网络空间出现了同人小说（fanfic）、同人音乐视频（fan MVs），它们取材自《三国志》《三国演义》等影视作品、《三国志》《三国无双》等电子游戏、

《三国杀》等桌牌游戏，[①]由此可见文学经典能在新媒体（下节详论）推波助澜中迈向年轻化、另类化、娱乐化、性别化、跨界化的读者群体，为新世代人所了解、理解与接受。

五、技术：跨平台传播

在数字时代，中国古典文学名人名作的国际认可也可通过跨媒介的技术手段予以定量分析。关注人气指数越高、世界文学声誉愈隆。本节关注中国的世界文化名人之技术指标，通过对比分析来探究中国文学步入世界文学殿堂的途径和表现，方法论参考贺麦晓（Michel Hockx）和邱贵芬对跨媒介和跨网络传播的研究思路。[②]

维基百科（Wikipedia）是由维基媒体基金会运营的一个多语言网络百科全书，以创建和维护作为开放式协同合作项目，是目前全球网络上最大且最受欢迎的参考工具网站。基于SimilarWeb数据统计，位列全球最受欢迎网站第七名（2022），也是一个动态的、自由的、交互的网络百科全书。不同于传统的一出版内容即固定的纸质百科全书（除非新出修订版），维基百科作为开放平台，允许拥有维基百科账号的用户或者是其他匿名浏览者，在阅读条目的同时也可以把自己所认为适合的内容添加于文章之中（在一些特别敏感或者是容易受到破坏的内容会限制编辑权限、赋予不同程度的"保护"），

---

① Xiaofei Tian. *The Halberd at Red Cliff: Jian'an and the Three Kingdoms.* Cambridge, MA: Harvard University Asia Center, 2018, pp.346–358.（中文版见［美］田晓菲著，张元昕译：《赤壁之戟：建安与三国》，北京：生活·读书·新知三联书店，2022年。）

② Michel Hockx, "From Writing to Roaming: World Literature and the Literary World of Black and Blue", pp.203–16; Kuei-fen Chiu, "World Literature in an Age of Digital Technologies: Digital Archive, Wikipedia, and Goodreads.com", pp.217–236.

故而呈现出一种大众色彩，破除单边意识形态权威性和国族主义的狭隘性。在维基百科上，"杜甫"的英文版页面特别介绍了洪业对他的评价是"中国的维吉尔、贺拉斯、奥维德、莎士比亚、弥尔顿、华兹华斯、贝朗瑞、雨果或波德莱尔"，这无疑非常具有世界文学评判眼光。除了基本介绍和人物档案之外，主页面包括生平、作品、影响、翻译等板块内容。与中国国内的一般百科全书里杜甫条目不同的是，杜甫被视为一位具有世界文学意义的文化名人，不仅表现在"影响"一节单列"对日本文学的影响"专栏，而且对其"翻译"作品在英语世界的传播也有专门介绍，此外，引用文献和参考书目几乎也是清一色的英文文献（偶有引用日文文献，但未见中文文献）。在正文中引用杜甫作品仅有两首，即《赠卫八处士》《奉答岑参补阙见赠》，以传统观念来看，这两首诗算不上杜甫无可替代的经典"代表作"。维基百科也提供相关的外部链接（External links），提供网站之外的开放目录项目（DMOZ）、互联网档案馆（Internet Archive）、有声图书馆（LibriVox）、开放图书馆（Open Library）、中国哲学书电子化计划（Chinese Text Project）等网站上的杜甫资源以及杜甫英译诗选文本。英文页面的最后编辑时间是2022年4月11日（截至当年5月）。同样，通过浏览杜甫的法文版页面，我们可以发现杜甫在法语世界的传播也是关注焦点，除了前文提及的几本法译杜诗之外，也提到了德里文、戴密微（Paul Demiéville）、班文干（Jacques Pimpaneau）等汉学家的中国文学史或中国文学作品选辑中有关杜甫的部分。法文版页面更新时间是2022年1月27日（但并未更新郁白的《杜甫诗全译》第三册，*Du Fu, Œuvre Poétique Ⅲ : Au bout du Monde*）。德文版、俄文版、荷文版、乌克兰文版、日文版等页面也有对杜诗在本国传播情况的扼要介绍。日文版不仅列举杜诗代表作，选了《绝句》《春望》《饮中八仙歌》，其中最后一首因多出现在日本江户时代的绘画母题中而尤为引人注目（见上节），并列有对日本诗人的影响专栏；而且还详细列举在中国大陆与台湾地区的注释本和在日本刊行的日语版注释及其研究。意文版、韩文版、越文版等基本上均从英文版页面翻译而来，但也稍有涉及在本国的翻译情况。而其他的诸如西文版、葡文版、泰文版、马来文版等，就几乎完全是从英文版照搬框架译成本国语而已。"杜甫"的维基百科页面现有114种语言版本，足见其在域外的深远影响力。

维基百科收录的另外两位世界文化名人，"屈原"页面共有51种语言，其中英文版、法文版、德文版、俄文版、荷文版、日文版等也同样有在本国语境翻译和传播的介绍；"关汉卿"页面有22种语言。如果我们扩大对比范围，会有一些新奇的发现。"李白"页面共有139种语言，其中吉尔吉斯文版页面提到基于《吉尔吉斯斯坦百科全书》（*Кыргыз энциклопедиясы*）为据，李白出生地是托克马克（Tokmak），身份仍是"中国诗人"（кытай акыны）；尽管哈萨克斯坦也对李白有署名争议，但哈萨克文版页面认同李白国籍，出生地也标明是在今吉尔吉斯斯坦。《红楼梦》、"鲁迅"和"莫言"页面分别有91、103、91种语言版本。再看具有世界文学声誉的文学家，荷马、但丁、歌德、拜伦、莎士比亚、雨果、泰戈尔、列夫·托尔斯泰、川端康成，各自页面语言版本分别为182、182、179、142、212、169、151、172、104种，以莎士比亚居首，他们的世界文学影响力毋庸赘言。虽然中国作家的多语种介绍版本稍少于世界作家，但是我们仍然可以发现前者影响也在日趋加深。

号称"美版豆瓣"的Goodreads是一家美国知名图书分享社交网站，拥有高达22亿种书目、7700余万条书评和超过1.4亿名会员，是全球最活跃的书籍推荐和分享网站，现隶属于亚马逊公司，同时与Amazon Kindle电子书和脸书（Facebook）、推特（Twitter，现名为X）等社交媒体软件互联互通，从而赢得年轻一代的受众。该网站以读书评论、读物预览、读者互动为社交特色，展现普通阅读群体的兴趣和批评，在全民性上与维基百科有近似之处。尽管该网站收录的几十亿本图书以英文图书为主，但也兼收各语种的图书。在 Goodreads 建有属于杜甫的作者专栏（英文），个人简介提到生平简史、文学史地位、"诗圣"之称、存世作品数量，有趣的是，用以证明他能媲美西方著名文学家的评论，还是来自洪业的经典评论，并无新见。列于杜甫名下的作品有 58 本，平均得分 3.9（5 分制），评分 2482 次，短评 313 次（截至 2022 年 5 月）。按照受欢迎程度排序，排在前三位的分别是戴维·辛顿、大卫·杨和华兹生的译本，宇文所安的全译本排名第六，可见学界推崇与大众接受之间仍有一定的距离。按照语种分布来看，英文 27 本、法文 3 本、德文 3 本、意大利文 2 本、荷兰文 2 本、西班牙文 3 本、葡萄牙文 4 本、加泰罗尼亚文 1 本、捷克文 1 本、斯洛伐克文 1 本、波兰文 1 本、俄文 3 本、白俄罗斯文 1 本、格鲁吉亚文 1 本、日文 1 本，以及 3 本中文书，另检索"杜甫"则有中文、日文图书 96 本，检索 Du Fu 则有 21797 条结果；其中英文版图书发行地包括英格兰、苏格兰、美国、中国大陆、中国香港等，葡萄牙文出版地包括葡萄牙、巴西、中国澳门等，在地域上呈现出世界文学的散点传播的态势，杜甫的世界文学的"再经典化"之旅的具体节点也是清晰可辨的，这让人联想到史书美以关系为比较讨论世界历史和世界文学中有关殖民史的元素，以及白安卓（Andrea Bachner）讨论中国文学在拉美的受欢迎程度，[①]这些另样的角度都很有新意。

Goodreads 也提供相似/同类型作者（similar authors）拓展阅读。与杜甫相关的作者包括柏拉图、李白、乔伊斯、伍尔芙、艾略特、雪莱、萨福、松尾芭蕉、白居易等，其中，李白名下作品 103 部，均分 3.94，评分人次

---

① Shu-mei Shih, "Comparison as Relation: From World History to World Literature," Kuei-fen Chiu, Yingjin Zhang, eds. *The Making of Chinese-Sinophone Literatures as World Literature.* Hong Kong: Hong Kong University Press, 2022, pp.63-80; Andrea Bachner, "World-Literary Hospitality: China, Latin America, Translation," Kuei-fen Chiu, Yingjin Zhang, eds. *The Making of Chinese-Sinophone Literatures as World Literature.* Hong Kong: Hong Kong University Press, 2022, pp.103-121.

4412。此外，屈原的作品9部，均分4.13，评分人次131；关汉卿的作品9部，均分3.78，评分人次144，二位在世界文学传播力度上远不及李杜。但是较之当代文学的全球传播，中国古典文学名家的接受度又难以望其项背，比如莫言，其名下作品149部，均分3.74，评分人次高达29313，再如余华、阎连科、苏童，评分人次分别为30116、7416、5646，而刘慈欣的评分人次高达420777，是杜甫的170倍。关于刘慈欣等科幻作家在海外受到追捧的情况，可参看宋明炜对中国科幻小说的世界传播的讨论。[①]再拿一位日本当代作家为参照，村上春树的评分人次是2946974，则显然是与其作品在全球普通读者圈里的受欢迎/争议程度有莫大关系。

除了上述两项技术指标之外，作为中国文学的代表人物被收录于一些世界级的官方统计数据中也是很好的衡量指标。例如，提供互联网多媒体资料档案阅览服务的数字图书馆"互联网档案馆"（Internet Archive）保存了3314条与杜甫相关的数字资料副本（该网站收录关于李白、屈原、关汉卿的资料分别为2847、1399、10条）。再如，将杜甫作为中国文学名家收录进大百科全书和数据资源库的，包括但不限于英国《大英百科全书》（*Encyclopaedia Britannica*）、《环球百科全书（法文版）》（*Encyclopædia Universalis*）、《文学百科全书》（*The Literary Encyclopedia*），德国《布罗克豪斯百科全书》（*Brockhaus Enzyklopädie*）、《德意志人物志》（*Deutsche Biographie*），意大利《阿戈斯蒂尼百科全书》（*Enciclopedia De Agostini*），西班牙《加泰罗尼亚大百科全书》（*Gran Enciclopèdia Catalana*），克罗地亚《克罗地亚百科全书》（*Hrvatska Enciklopedija*）、《宝莱百科全书》（*Proleksis Encyclopedia*），瑞典《国家百科全书》（*Nationalencyklopedin*），挪威《挪威大百科全书》（*Store*

---

① Mingwei Song, "The Worlding of Chinese Science Fiction: A Global Genre and Its Negotiations as World Literature," Kuei-fen Chiu, Yingjin Zhang, eds. *The Making of Chinese-Sinophone Literatures as World Literature.* Hong Kong: Hong Kong University Press, 2022, pp.122-141.

Norske Leksikon），立陶宛《立陶宛百科全书》（*Visuotinė Lietuvių Enciklope-dija*），美国"百科全书网"（Encyclopedia.com）、《新世界百科全书》（*New World Encyclopedia*）、"中国历代人物传记资料库"（China Biographical Data-base Project）等。国际规范文档以"虚拟国际规范文档"（Virtual Interna-tional Authority File）、"国际标准名称标识符"（International Standard Name Identifier）、"大学文档系统"（Système universitaire de documentation）、"整合规范文档"（gemeinsame normdatei）等方式在各大图书馆系统对"杜甫"加以记录登载，包括但不限于美国国会图书馆、法国国家图书馆、日本国立国会图书馆、德国国家图书馆、西班牙国家图书馆、加泰罗尼亚国立图书馆、荷兰皇家图书馆、瑞典国家图书馆、波兰国家图书馆、以色列国家图书馆、西瑞士图书馆联盟、梵蒂冈宗座档案馆、澳洲国家图书馆等均有关于杜甫的专页。

六、余论：作为世界文学的传统中国文学"再经典化"的启示

正如卞东波指出："每一篇文学经典都有自己的文化史，也是这部作品及其周边世界的历史，包括文本的创作、刊刻、抄写、镌刻、阅读、口诵、记忆、注释、模拟、评论等环节，作者、刊刻者、抄写者、读者、评者等意义赋予者，以及刻本、写本、注本、校本、评本等'亚文本'，也包括文本在本国与域外的流传。"[①]文学经典的塑形是一个多方合力、多面合作、多向发展的动态演进过程。通过翻译、研究、视听、技术四个维度来对几位古代中国的"世界名人"进入世界文学舞台时跨语际实践、跨文化学术、跨学

[①] 卞东波：《"世界中"的唐诗：〈春江花月夜〉与东亚汉文学》，《社会科学》，2023年第5期。

科呈现、跨媒介传播的具体操作进行考察，探究在"世界中""再经典化"的途径，我们发现，在文学全球化的浪潮中，中国文学经典的世界文学身份是伴随着权力话语、意识形态、民族精神等政治化历史叙事进程的，在其中，吹尽狂沙始到金的前现代（premodern）文学要远比现代（modern）文学而更易于为主流意识形态和国家文化工程所确立与推崇，少了一些离经叛道和藐视权威的意味，但在"世界中"的传播与接受，透过后现代、后殖民的解构主义来审视文化和文学的"新历史主义"的倾向，仍然会有一些限于目的国语境的制约而脱离文本控制的变形与反思，这可能与原本形象大相径庭。世界文学的进入和传播，本来就需要跨学科、跨语境、跨种族的超越意识形态的碰撞，实现文化和学术、本地与全球的双向互动，才能将中国文学史和中国文学经典真正纳入全球化的文学批评史观当中去；其中，学术批评和文学评论在经典化进程中起主导作用，但大众读者的关注和参与也同样具有推动意义，而官方或者民间层面资助与奖励等行为越来越多地介入，比如国家社科基金中华学术外译项目、中华图书特殊贡献奖、法国傅雷翻译出版奖、美国纽曼华语文学奖、韩南图书翻译奖等，在财政资金和文化资本上提供更多支撑；此外一些优质主流出版社的中国翻译文学丛书，如企鹅兰登"企鹅经典"（Penguin Classics）、哥伦比亚大学出版社"亚洲文学经典译丛"（Translations from the Asian Classics）、美文出版社"中国书房丛书"（Bibliothèque Chinoise）、德格鲁伊特出版社"中华人文经典文库"等，也以成规模之势在世界文学形塑上助力尤多，从而形成翻译主体能动性（agency）的有机互动。我们应该对海外中国学的话语霸权与意识形态的侵入时刻保持警惕，但是我们也需提防自身的大中华狭隘民族主义心理。我们不仅要发出自己的正统声音，也要能够聆听他者的声音，同时更要具备批评和辨识能力，去了解、接受、促进、推动中国文学经典作品在全球的传播；既要关注在国外权威出版机构出版并进入国外主流发行传播渠道的途径，也要留心在更广

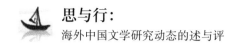

阔的文化语境如亚洲、非洲、中东、中东欧、北欧、拉美等地区里传播的复杂情况，让中国文学成为"世界文学"一种而非"欧美文学""西方文学""外国文学"的附庸。此外，我们也不必惊诧古代中国文学名人在海外传播拥有读者的绝对数量，既不及西方古典文学名流，也不如中国现代文学大家，甚至比不上科幻作家、玄幻文学写作者和青春写手，似乎在世界文学的"再经典化"进程中由于其大众流行性和亚文化特质，被"别有用心"地贬抑与打压。当然，我们也可以看到，近来刘慈欣等科幻作家的作品通过《流浪地球》系列电影的改编以及众多中国科幻文学海外研究者的合力助推，当代科幻文学呈现一种主流化、官方化、正统化的趋势。中国文学不管是否已然成为经典或者正在经历"再经典化"，正呈现出前所未有的中华文化活力与中华传统影响力。

地方性、文本现代性与"情"：
近五年海外现代中国都市文学与文化研究的三个路径

  自李欧梵（Leo Ou-fan Lee）具有理论研究范式意义的《上海摩登：一种新都市文化在中国 1930—1945》[①]（*Shanghai Modern: The Flowering of a New Urban Culture in China，1930-1945*）[②]于 20 世纪末一经问世以来，海外都市文学与文化研究便进入了一个新阶段。[③]自 21 世纪以来，海外都市研究领域出现了大量研究著作。本文选取近五年来海外出版的六本专著并指出，在现代中国研究全面开花、各自发展的时代，英语学界的中国研究学者是如何尽可能地调用历史材料与文本，推动现代中国都市文学与文化研究达到新高度。近十年来，欧美学界研究有几大趋势：第一，研究城市/城镇范围扩展到了除了北京、上海等大城市之外的中小城市。通过追寻作家笔下的地方性/在地性，研究者为我们提供了理解中国城市的不同方法与中国现代性的多样面向。欧美研究者往往从单一概念出发与微观对象出发，探讨概念的流

---

  ① ［美］李欧梵著，毛尖译：《上海摩登：一种新都市文化在中国 1930—1945》，北京：北京大学出版社，2001 年。（英文版 *Shanghai Modern: The Flowering of a New Urban Culture in China, 1930-1945.* Cambridge, MA: Harvard University Press, 1999。）

  ② 为了便于学术引用与尊重译者劳动，下文所涉及的英文学术论著如已有简体或繁体中文版本问世，一律选取现有中文版本之引文。如无中文版本，所有引文原文均由作者本人自行翻译，不予赘述。

  ③ 作为中国城市史研究的开创者，历史学家魏斐德（Frederic Wakeman）、罗威廉（William T. Rowe）、史谦德（David Strand）等于 1990 年代出版了一系列富有影响力的城市史经典专著。

变与个体生活的经验变迁，以小见大，来勾勒出国家发展与时代演进的路线。第二，从文字到图像，从主流报章杂志到地摊八卦小报，日渐勃兴并且竞争激烈的都市印刷出版业为城市读者提供了更为丰富的理解国家与认识世界的方式。流行小说的出现与漫画艺术的兴起，不光为都市读者提供了感官愉悦，也成了后世了解民国世情与民情的时代凭证。而文本现代性一直是研究者关注的方向。第三，情绪、情感研究作为新的理论园地，同样能够应用到中国现代都市研究之中去。不管是个人情绪的研究，还是探讨情感测绘（affective mapping）、空间制造、文学想象与记忆机制之间的错综关系，海外学者的"向内转"研究角度同样值得学界关注。本文提出，海外研究者创制了包括世界格局、国家叙事、地方图景、家族生活、个人经验等涵盖大小领域的理解中国现代性的新范式。另外，海外研究界已经跳脱了既往单个作家、单个流派、几大思潮、一段文学史等学术研究模式，转而从不同城市/镇与乡村、几本小众杂志、多样新兴文类、几个核心概念/观念等出发去追寻现代中国的多面性。众多海外出版的学术著作在重写与修订文学史、重新阅读正典与非经典文学作品的过程中，重估既往文学文本的价值、打破陈规与旧念，回归文本本身，将文本放置在当时的生产、出版、流通、消费背景之下，思考中国现代都市文学与文化研究新路径和新方法。

一、京沪之外：地方性与现代性

在都市研究初兴之时，研究者往往关注中国沿海与滨河城市，特别是像北京与上海这类主流大城市。这些城市往往具有类似的特点：商贸发达、交通便捷、殖民势力入侵、新旧思想冲突、人口流动频繁、地方势力强大等。

而近来海外城市史研究者也逐渐关注起中小城市来。①最近出现的两部以内陆腹地城市——成都作为研究对象的研究著作尤其值得我们注意。②在两位研究者看来，两位作家均关注日常生活，却呈现出不同的面向。李劼人关注如何把私人庸常生活融入编制到宏大叙事之中，并且意识到了历史小说的创作瓶颈：如何既强调地方性，又将地方叙事不断修改成国族寓言。而巴金为了批判宗族制度与父权体系，关注家族与家庭的内部矛盾与冲突，对小说发生的宏观环境——城市主体，几乎避而不谈。由此看来，根据两位学者的分析，李劼人与巴金恰好由于政治立场、思想结构、个人认知、写作角度等方面处于都市文学写作光谱的两端。

通过分析成都小说家李劼人的大河三部曲：《死水微澜》（1936）、《暴风雨前》（1936）、《大波》（1937），吴国坤（Kenny Kwok-kwan Ng）《李劼人地缘诗学的消失视界：在革命中国书写成都的危机》（*The Lost Geopoetic Horizon of Li Jieren: The Crisis of Writing Chengdu in Revolutionary China*）③提出，李劼人对成都"地方色彩"（local color）与"区域风味"（regional flavor）的关注，是一种通过强调地方身份的历史记忆方式。与周作人等推崇地方况味、风俗传统与生活习惯，在永恒停滞的农村找寻对抗国族历史时间方式不同，

① ［美］如梅尔清（Tobie Meyer-Fong）著，朱修春译：《清初扬州文化》，上海：复旦大学出版社，2004年。（英文版 *Building Culture in Early Qing Yangzhou*. Stanford: Stanford University Press, 2003。）另外，海外学者关注的城市还包括天津、苏州、杭州、汉口、哈尔滨等，关于西部内陆城市的研究截至本论文撰写时间为止依然不多。

② 关于成都的都市文化史经典著作，见王笛：《茶馆：成都的公共生活和微观世界，1900—1950》，北京：社会科学文献出版社，2010年。（英文版 *The Teahouse: Small Business, Everyday Culture, and Public Politics in Chengdu, 1900-1950*. Stanford: Stanford University Press, 2008。）作者从茶馆这一公共空间出发，探讨知识分子与普通大众的关系、西方理念与本土文化的冲突、国家与地方之间的互动等。

③ Kenny Kwok-kwan Ng. *The Lost Geopoetic Horizon of Li Jieren: The Crisis of Writing Chengdu in Revolutionary China*. Leiden: Brill, 2015.

李劼人的民族志式写作记录了乡村日常生活实践中的变革，包括建筑沿革、城市地形学改动、交通工具更替与更新、吃穿住行演变、婚丧嫁娶操演以及宗教仪式留存等。他也在探寻"地方、区域、国家层面的现代性与故乡/原乡（native place）之间的关系"。①正如吴国坤所说，李劼人是一名"关注公共心态与日常社会实践"②的微观史学家，而此书研究的是地方作家小说系列中的"地方性诗学与虚构写作策略"。③与五四作家倡导除旧布新、坚持线性发展进化论、寻找终极意义的写作理念与路线不同，李劼人关注地方过去与社会细节的写作模式虽然与当时主流的写作风潮格格不入，但他却通过革新晚清传统白话小说、重新改造传统历史小说文类，改制出一种表现社会景观（panorama）的"新"历史小说。

除去第一章引言部分，第二章分析李劼人在《死水微澜》如何以自然主义的笔调记录一个边缘小镇的日常生活。这些日常生活是如何被纳入了国族叙事甚至世界关系流通领域。在现代民族—国家框架下的边缘地区——成都，同样可以作为理解中国现代性研究的一个样本。第三章以多音复调（polyphonic）小说《大波》为例，从记忆政治（politics of memory）的角度将小说内容与个人回忆录、新闻报道、外国人著述相比照，发现时间、记忆与地方三者之间的复杂关系。不同人对同一事件的多重版本记录恰好证明了历史的复数性（a pluralistic sense of histories）。与主流革命线性叙事不同，《大波》展现了1911年四川保路运动的复杂性与多样性。李劼人在历史真实、主观回忆、个人偏见与想象建构的矛盾冲突之中找寻平衡的支点，将历史真

---

① Kenny Kwok-kwan Ng. *The Lost Geopoetic Horizon of Li Jieren: The Crisis of Writing Chengdu in Revolutionary China*. Leiden: Brill, 2015, p.7.

② Kenny Kwok-kwan Ng. *The Lost Geopoetic Horizon of Li Jieren: The Crisis of Writing Chengdu in Revolutionary China*. Leiden: Brill, p.11.

③ Kenny Kwok-kwan Ng. *The Lost Geopoetic Horizon of Li Jieren: The Crisis of Writing Chengdu in Revolutionary China*. Leiden: Brill, 2015, p.7.

实与虚构想象混合。第四章分析《暴风雨前》不同阶层在革命前夜的日常生活以及他们在面对时事改变时的人生选择。而第五章、第六章从人文与地理诗学的角度将两个版本的《大波》对照，阅读文学的空间性以及发现李劼人在修改过程中是如何将虚构小说的日常性纳入集体寓言之中。李劼人在修订版中，将首版中平庸（mediocre）人物的情欲泛滥、性格缺陷与道德瑕疵抹去，将他们从历史现场的消极观看者转变为革命事件的积极参与者。正如吴国坤所分析的，在不断地修改与重写既往作品的过程中，李劼人的"虚构修正主义"（fictional revisionism）是一种"誊抄'完美'版本历史的坚持与精巧制作过去时代的整体图景的一种迷恋式的野心"。①作为一本探讨李劼人地方写作（place-writing）与地缘诗学（geopoetics）的研究著作，吴国坤探讨了记忆的政治、地方建构、虚构想象之间错综复杂的关系，提醒我们重新思考历史小说（historical novel）作为一种中国传统文类，是如何由接受西方影响的李劼人改造与革新成一种新文类的。

而同样在1930年代出版的以成都为背景的小说——《家》也可以成为理解地方性与现代性的材料。在《巴金〈家〉中的历史：1920年代的成都社会》②（*Facts in Fiction: 1920s China and Ba Jin's Family*）之中，司昆仑（Kristin Stapleton）从巴金激流三部曲之一——《家》出发，由文学进入历史，提醒读者考虑小说的创作背景以及小说本身的历史时代背景设置。各章

---

① Kenny Kwok-kwan Ng. *The Lost Geopoetic Horizon of Li Jieren: The Crisis of Writing Chengdu in Revolutionary China*. Leiden: Brill, 2015, p.29.

②［美］司昆仑著，何芳译：《巴金〈家〉中的历史：1920年代的成都社会》，成都：四川文艺出版社，2019年。（英文版 *Fact in Fiction: 1920s China and Ba Jin's Family*. Stanford: Stanford University Press, 2016。）在出版此书之前，司昆仑已经出版了 *Civilizing Chengdu: Chinese Urban Reform, 1895-1937*, Cambridge, MA: Harvard University Asia Center, 2000。书中分析自清末至抗日战争爆发期间在成都进行的涉及城市治理与城市建设与规划的两次城市改革运动。中文版于2020年出版。详见［美］司昆仑著，王莹译：《新政之后：警察、军阀与文明进程中的成都（1895—1937）》，成都：四川文艺出版社，2020年。

以不同的人物角色为着眼点进行分析：侍婢鸣凤（第一章）、士绅阶级（第二章）、职业阶级（第三章和第四章）。在作者看来，为了批判根深蒂固的家庭礼教专制以及旧传统与思想，巴金关注于家庭内部的揭露，而基本上忽视了成都城市生活与城市本身运作机制的积极方面："作为引人入胜的小说，'激流三部曲'必然简化了历史，特别是简化了那个时代中国城市变迁的多面性。"①作为腹地内陆城市的成都，在20世纪20年代至30年代呈现出了前所未有的改革活力，值得被视为认知中国现代性的一个案例。另外，小说人物的种种境遇，也可以与真实历史人物的生活作对照。从这部反映家族兴衰的小说出发，司昆仑讨论了两大方面内容：在作为内部结构的家庭方面，司昆仑发现了诸如家族等级、家庭仪式、生活信仰等方面的内容，而作为外部环境的城市方面，作者也发现了诸如都市经济体制、商业功能分区、市民职业阶层与分工、城市社区网络、地方政府治理等涵盖政治、经济、医疗、教育、法律、文化等多方面内容。而地方与家庭两方面的内容也离不开大历史背景，比如世界革命和改良思潮、西方性别与阶级平权观念、工业革命与科技发展等。作为一部面向西方读者的学术著作，本书的最大方法论与范式意义在于如何从一部小说出发去分析现代中国与城市，如何用不同的历史材料，包括官方文书、地方方志、个人回忆录、旅行游记、新闻报道、小说、散文、诗歌来还原成都。而正是由于作者牵涉的内容过于芜杂与凌乱，造成了整部著作结构分散，许多观点点到为止。当然我们无法绕开的一大问题是，小说作为虚构的文学文本，是否可以作为信史来解读。而根据作者对于文本材料的操作看来，她把文学文本当作一段理解过去的出发点，而不是单纯去印证文本所描述的是否是信史，这样也就避开了对于虚构写作与历史真实之间的争论。

---

① [美] 司昆仑著，何芳译：《巴金〈家〉中的历史：1920年代的成都社会》，成都：四川文艺出版社，2019年，第231页。

因为这两位作家的日常记录，后世读者可以救赎遗忘、铭记过去、记录时代。李劼人和巴金这两位描写成都生活的作家，在两位学者看来，将都市生活呈现出两种截然不同的面向。根据吴国坤的分析，李劼人对于地方性的认识"偏离"了传统民族—国家的叙事轨道。然而他与传统乡土作家只关注地方的保存与保护的写作路径不同，对地方如何"适应"外部世界的变化也了然于心。而根据司昆仑的解读，巴金的创作理念先行于道德预设，决定了他为了"破"旧而在小说中有意淡化了城市背景与叙事情境。而我们似乎也不能忘记，当年那个义愤填膺批驳家族制度阻碍个人发展的巴金，把曾经早已拟订完毕的"激流四部曲"之一——《群》暂时搁置并且最终导致这本小说难产。本应成为第二部曲的《群》，计划续接《家》结尾，描述主人公高觉慧离开成都，前往上海参与革命活动。只是后来，巴金放弃了关于上海的写作计划。而是继续在《家》发表以后七年的1938年出版了《春》。同样围绕高家生活的《秋》尔后于1940年问世。没有上海革命生活的额外故事发生地"附加"内容，《家》《春》《秋》恰好成为仅记录民国时期成都历史的"长连续"（serialized）文本。作为固定一地的地方叙事的"激流三部曲"，成为呈现"地方风味"的完美范本。

二、文本现代性：颓废主义与侦探小说

在民国时期出版印刷研究领域，海外学界早已出现了诸多颇有影响力的学术成果。①从作者、编者到读者，从创作、编辑、流通到发行，现代中国印刷产业成为研究中国现代性的一个重要领域。而研究者通过解读《申报》和《时报》，也发现这些报纸成为公众参与讨论社会事件的平台，知识分子在纸媒行业充分发挥中间人（mediator）的作用。而报章杂志的知识传播与思想交流功能，研究者也在不断讨论。如安德鲁·琼斯（Andrew F. Jones）指出，民国杂志在转译、建构、传播发展论、进化论观点的知识流通和生产环节中充当了重要的角色。②以下选取两本研究著作，从类型小说与文学思潮角度讨论中国现代文本现代性的发生与发展。东西方文学的跨文化传播同样值得我们关注。不过，我们也应该摒弃西方中心主义的观点——中国现代

---

① 相关研究详见［加］季家珍（Joan Judge）著，王樊一婧译：《印刷与政治：〈时报〉与晚清中国的改革文化》，桂林：广西师范大学出版社，2015年。（英文版 *Print and Politics: 'Shibao' and the Culture of Reform in Late Qing China.* Stanford: Stanford University Press, 1997。）［美］芮哲非（Christopher A. Reed）著，张志强、潘文年、鄯毅、郝彬彬译：《谷腾堡在上海：中国印刷资本业的发展（1876—1937）》，北京：商务印书馆出版社，2014年。（英文版 *Gutenberg in Shanghai: Chinese Print Capitalism (1876–1937).* Vancouver: UBC Press, 2004。）［德］梅嘉乐（Barbara Mittler）：《为中国而诞生的一份报纸：上海新闻媒体的权力、认同与变迁，1972—1912》（*A Newspaper for China? Power, Identity, and Change in Shanghai's News Media, 1872–1912.* Cambridge, MA: Harvard University Asia Center, 2004）。林姵吟（Pei-Yin Lin）、蔡维屏（Weipin Tsai）编：《印刷、利润与看法：现代中国社会的观点、信息与知识，1895—1949》（*Print, Profit, and Perception: Ideas, Information, and Knowledge in Chinese Societies, 1895–1949.* Leiden: Brill, 2014）。

② Andrew F. Jones. *Developmental Fairy Tales: Evolutionary Thinking and Modern Chinese Culture.* Cambridge, MA: Harvard University Press, pp.63–98.

都市文学不是单纯模仿与复制西方文学的谋篇形制、叙事技巧、写作风格与内容情节。

随着写作从业人员人数的增加、外来译介的引进、都市生活的丰富、西方思潮的涌入、出版行业的繁盛以及新兴阅读阶层的扩大，城市读者在阅读内容上拥有充分的自由选择权利。晚清民国作家在各大报纸、杂志上发表了各种类型小说。这些短篇或者连载小说为读者提供了全新的阅读体验。魏艳《福尔摩斯来中国：侦探小说在中国的跨文化传播》[1]便是一部研究现代中国文学新兴文体——侦探小说的专著。在第一部分（第一章、第二章），魏艳通过分析晚清的翻译实践，提出西方侦探小说的引介是中西文化协商与沟通的结果。晚清侦探小说不光模仿了西方小说的叙事模式、情节设置与人物构成，另外也加入了西方、道德伦理意识与女性主义等元素。第二部分（第三章、第四章、第五章、第六章）以民国侦探小说作家群——上海鸳鸯蝴蝶派作家（以下简称鸳蝴派）作为研究对象，魏艳从"科学话语、日常生活话语、正义观与上海世界主义等角度来分析这些鸳蝴派作家们处理侦探小说类型的独特性"。[2]侦探小说作为从域外引介的文体，被移植到中国本土之后，与中国传统公案小说产生了一种奇妙的"化学作用"。在第三章中，魏艳指出，鸳蝴派小说家并不应该被认为只是提供消遣娱乐的消费品而创作流行小说的小说家。我们更应该关注到他们在侦探小说中从市民阶层的角度出发来

---

① 魏艳：《福尔摩斯来中国：侦探小说在中国的跨文化传播》，北京：北京大学出版社，2019年。（英文版 *Detecting Chinese Modernities: Rupture and Continuity in Modern Chinese Detective Fiction, 1896—1949*. Leiden: Brill, 2020。）

② 魏艳：《福尔摩斯来中国：侦探小说在中国的跨文化传播》，北京：北京大学出版社，2019年，第6页。

传播科学话语、宣传科学主义观念。① 换句话说，鸳蝴派作家也在五四时期科学话语的传播运动中充当了重要的角色，他们创作的侦探小说也成为科普读物或者教科书。鸳蝴派小说家也在翻译和创作两个方面将侦探小说这一国外引进的文类本土化的同时，加入了包括带有诸如上海特色的城市居住景观、消费行为、方言交际等内容，完美实现了侦探小说的中国化甚至是地方化的改造。换句话说，现代中国侦探小说在作者看来，是一种中西文类完美融合的产物。读者可以在现代中国侦探小说中发现西方侦探小说与中国古典公案小说的元素。第三部分以高罗佩的狄公案小说为例，比较公案小说与西方侦探小说的不同以及狄公案在不同时代的演变。

作为英语学界第一部研究侦探小说的著作，魏艳为我们提供了通过文本认识中国现代性的一个窗口。从中西文化协商、现代情感结构、文本的跨文化与跨时代传译三个方面出发，此书为我们重估中国现代流行小说的价值提供了新的视角。正如魏艳所强调的，西方文体在中国的接受不是单向的过程。我们也可以看到现代知识分子在文化翻译过程中作出的尝试和努力。另外，我们也可以看到，当年处于边缘的流行小说家在创作中也有"进步"成分。同时，中西方的文本内容双向互动交流也成为现代中国一个非常有意义的现象。

而王鸿渐《中国现代文学与文化中的颓废：一种比较与文史重估》（*Decadence in Modern Chinese Literature and Culture: A Comparative and Literary-*

---

① 在《鸳鸯蝴蝶派：20世纪初期中国城市的流行小说》（*Mandarin Ducks and Butterflies: Popular Fiction in the 20th Century Chinese Cities*）中，林培瑞（Perry Link）为鸳蝴派作家正名。他认为，此文学派别的主要创作者并不像当年左翼作家批判的那样沉迷个人情爱而忽视家国劫难，坚持古旧刻板的传统道德观而对新思想充满抗拒。见 Perry Link. *Mandarin Ducks and Butterflies: Popular Fiction in the 20th Century Chinese Cities*. Berkeley and Los Angeles, CA: University of California Press, 1981.

Historical Reevaluation）① 是近来出版的跨文化比较中西颓废思潮与文风的唯一英文专著。在中国语境下，颓废本身就与堕落、消极、病态、异常、失范等负面概念相联系。② 在王鸿渐看来，兴起于20世纪30年代的中国"颓废主义"可以被认为是世界文艺思潮的一部分，不光不应该贬低其在中国现代文艺史上的地位，反而需要重估其价值。另外，中国现代作家对于西方颓废主义的创造性"错译"、有选择接受与引介，必须将他们放置在当时的社会历史背景之下。此前研究者对中国"颓废主义"达成共识，其具有双重特征：既对人事持有悲观主义，又沉迷于肉体的欢愉。③ 正如作者所说，本书关注的是"导致颓废文学兴起的社会文化状况"。④ 通过研究20世纪30年代至21世纪初的文学作品中的颓废因子（不包括20世纪30年代至70年代），王鸿渐提出"重估"此类文学的文学价值的号召。包括郁达夫笔下纠结于传统儒家道德准则与新道德理念之间的主人公，邵洵美运用精致的颓废派创作技巧对传统道德观以及权威对于个人的禁锢表达不满，余华以暴露黑暗世界

---

① Hongjian Wang. *Decadence in Modern Chinese Literature and Culture: A Comparative and Literary-Historical Reevaluation*. Amherst, MA: Cambria Press, 2020.

② 如解志熙对颓废派作家作品以道德评判的标准持否定态度，指出唯美—颓废主义从本质上来说是一种"美的偏至"，是一种美学极端的表现。见解志熙：《美的偏至：中国现代唯美—颓废主义文学思潮》，上海：上海文艺出版社，1997年。

③ 编者伍仁在《中国现代颓废小说》序言中指出："颓废思潮的最大特色在于这类作家中的许多人成为新的文学形式勇敢的探索者和创造者。"见伍仁编：《中国现代颓废小说》，西安：西北大学出版社，1996年，第9页。史书美也试图从颓废主义小说中发现其积极特征，认为这些作家创作中的逃避现实从本质上也是一种对社会传统的反抗。见［美］史书美著，何恬译：《现代的诱惑：书写半殖民地中国的现代主义（1817—1937）》，江苏人民出版社，2007年，第259页至第419页。通过分析中国唯美—颓废主义的文化渊源，作者指出，在肯定身体权利、强调人本主义方面，中国唯美—颓废主义所表现出来的解放的性意识、享乐主义、厌女症等在当时社会独树一帜。见李今：《海派小说与现代都市文化》（修订本），北京：北京大学出版社，2019年，第47页至第140页。

④ Hongjian Wang. *Decadence in Modern Chinese Literature and Culture: A Comparative and Literary-Historical Reevaluation*. Amherst, MA: Cambria Press, 2020, p.30.

的方式凸显人文主义情怀，苏童对革命修辞与思维方式的抵抗，王朔小说主人公与主流文化的格格不入，王小波小说中的主人公为确立独特个人性而违背他们的信念，尹丽川在诗歌中为个性解放与个人主义而自豪。与西方颓废派以反对中产生活方式来确立自我文化地位不同的是，中国颓废派从诞生之日起就坚持启蒙目标，掌握文化话语权，以文化英雄的形象出现在文化市场上。

王鸿渐认为，郁达夫《沉沦》《银灰色之死》的主题并不仅是作者对国族危机的担忧，而且是关于自我偏离儒家道德标准（压抑个人欲望，为家庭、社会作贡献）的内心挣扎。邵洵美推崇古希腊诗人萨福、英国剧作家斯温伯恩、法国诗人魏尔伦与波德莱尔，从他们身上汲取创作的理念与技巧。尽管邵洵美个人生活践行享乐主义的原则，他的"偶像破坏式的"理念恰好与五四启蒙运动所倡导的崇尚个人自由、推翻儒家道德准则约束的想法不谋而合。① 在作者看来，邵洵美更应该被归属为浪漫主义诗人而不是颓废派。他在诗歌中对自然意象的探讨以及他关于世俗欢愉的书写，他对现代中国印刷媒体文化发展的贡献，均值得研究者的关注。而在20世纪80年代，余华小说中对暴力、死亡、神秘主义等颓废因素的写作迷恋，正是一种人文主义者对非常时期社会罪恶的揭露与批判方式。余华运用异常冷静的笔触来批判人们对暴力与恶的漠不关心，他期待人性的闪光并且希冀公平与和平的重返。至于余华同代人苏童，作者认为苏童将革命与颓废画等号的尼采式认知与欧洲颓废主义有很大的不同。而尽管王朔小说主人公表面上玩世不恭，他们从本质上来说还是真诚拥抱包括爱、友谊、人与人之间的互相尊重和理解，互帮互助、努力工作等主流规范与价值观。这些具有精英背景的主人公需要通过痞子行为来显示他们与普通人的不同。而王小波小说主人公的种种非理性表现，就作者看来，是一种个体证明自我性与独立意志的方式。身体

---

① Hongjian Wang. *Decadence in Modern Chinese Literature and Culture: A Comparative and Literary-Historical Reevaluation.* Amherst, MA: Cambria Press, 2020, p.70.

写作作家代表尹丽川既钟情于日常生活的温暖与祥和，又厌恶无原创性（unoriginal）和无反思性（unreflective）的庸碌日常。部分观点有待商榷。比如在结论部分，作者提道，郁达夫与邵洵美并没有如欧洲颓废派一样"炫耀他们的自由意志与凌驾于中产阶级之上的精神优越性"。① 作者强调，因为他们对自我的道德与文化权威的极度自信，"他们对现代中国的商业化繁荣与中产兴起视而不见"。② 然而，郁达夫本人不仅拥抱中产生活方式，也是现代中国参与文化商品运作最成功的文人之一。他成功运用自己的文人身份出售他的日记与游记散文，公开展览自己的私人生活，树立文化偶像的形象。在方法论上，这本著作运用了大量来自作者本人的公开访谈资料作为立论印证。③ 由于众多与谈人在公众视野中的展演特质，研究者需要对这些语辞持批判接受的态度。另外，许多访谈内容必须重新放置到历史背景之中。在语言文本化以及出版公开过程中，截取部分谈话可能会造成语义模糊甚至曲解。在某种程度上，可能遮蔽了作者创作的文本复杂性，同时也关闭了解释文本的多样通道。

三、"情"：笑与情感测绘

本部分将两本关于情绪与情感的都市研究著作放置在同一框架下。迄今

---

① Hongjian Wang. *Decadence in Modern Chinese Literature and Culture: A Comparative and Literary-Historical Reevaluation*. Amherst, MA: Cambria Press, 2020, p.208.

② Hongjian Wang. *Decadence in Modern Chinese Literature and Culture: A Comparative and Literary-Historical Reevaluation*. Amherst, MA: Cambria Press, 2020, p.208.

③ 详见王鸿渐对尹丽川解释自己为何要书写反叛生活方式的访谈的引用与分析：Hongjian Wang. *Decadence in Modern Chinese Literature and Culture: A Comparative and Literary-Historical Reevaluation*. Amherst, MA: Cambria Press, 2020, p.194.

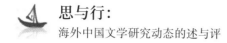
为止，海外学界在中国现代文学与文化领域尚没有一部将情感研究（emotional studies）、情动研究（effect studies）或者情感史（history of emotions）作为主要框架的著作。但是，这并不代表现代中国文学与文化研究领域没有出现过此类讨论。相反，历来许多著作都讨论到了关于情绪分类的认知、私人情感与民族热情的碰撞、国族身份与殖民心理的纠结等。① 比如，李海燕《心灵革命：现代中国的爱情谱系》②（*Revolution of the Heart: A Genealogy of Love in China*，*1900-1950*）开创了研究私人感情与国族情感关系的领域。而刘剑梅《革命与情爱：二十世纪中国小说史中的女性身体与主题重述》③（*Revolution Plus Love: Literary History, Women's Bodies, and Thematic Repetition in Twentieth-Century Chinese Fiction*）也探讨了革命文艺创作中面临的困境：如何调和个人情感欲望与爱国情感之间的矛盾。石静远（Jing Tsu）《失败、民族主义与文学：现代中国民族身份认同的形成，1895—1937》（*Failure, Nationalism, and Literature: The Making of Chinese Identity*，*1895-1937*）④ 讨论失败意识是如何推动与建构中国国族身份的认同。通过分析现代华语文学与

---

① 除了以下谈到的几本著作，关于情绪、情与中国都市叙事之间的关系，见 Weijie Song, *Mapping Modern Beijing: Space, Emotion, Literary Topography*. Oxford: Oxford University Press, 2017, pp.5-12。

② ［美］李海燕著，修佳明译：《心灵革命：现代中国的爱情谱系》，北京：北京大学出版社，2018年。（英文版 *Revolution of the Heart: A Genealogy of Love in China, 1900-1950*. Stanford: Stanford University Press, 2006。）

③ 刘剑梅：《革命与情爱：二十世纪中国小说史中的女性身体与主题重述》，上海：上海三联书店，2009年。（英文版 *Revolution Plus Love: Literary History, Women's Bodies, and Thematic Repetition in Twentieth-Century Chinese Fiction*. Honolulu: University of Hawaii Press, 2003。）

④ Jing Tsu. *Failure, Nationalism, and Literature: The Making of Chinese Identity, 1895-1937*. Stanford: Stanford University Press, 2005.

电影，白睿文（Michael Berry）《痛史：现代华语文学与电影的历史创伤》①（*A History of Pain: Trauma in Modern Chinese Literature and Film*）指出不同历史事件对于个人的创伤效应以及创伤回忆的运作机制。近来出版的王德威（David Der-wei Wang）《史诗时代的抒情声音：二十世纪中期的中国知识分子与艺术家》②也指出，研究中国本土抒情诗学传统脉络的重要性。正如作者所说，此书"研究的焦点是观察中国知识分子、作家、艺术家是如何奉'现代'之名，调动中西抒情传统与资源，用以介入历史、激发创作、塑造小我与大我"。③当我们在畅谈革命与启蒙、国家与集体、国族政治与世界主义的时候，个人内心情感常常让位于家国叙事。然而，这些研究者也反复强调，追踪个人情感路径并不只是强调自我的独立性与独特性。相反，这各种各样对"自我"的认知是个人、社会、集体的共同建构，强调自我不是耽溺于个人的情感世界而与外界切割与剥离。

自夏志清（C.T.Hsia）提出现代中国文学传统的主要特征是"感时忧国"（obsession with China）这一经典论断以来，中国现代文学与文化的悲伤主义基调被反复论证与确认。研究者循中国现代文学的悲观路径发现作家记录乱世年代的家国劫难与生活创伤。而雷勤风（Christopher Rea）《大不敬的年

---

① ［美］白睿文著，李美燕译：《痛史：现代华语文学与电影的历史创伤》，台北：麦田出版社，2016年。（英文版 *A History of Pain: Trauma in Modern Chinese Literature and Film*. New York: Columbia University Press, 2008。）

② ［美］王德威：《史诗时代的抒情声音：二十世纪中期的中国知识分子与艺术家》，北京：生活·读书·新知三联书店，2019年。

③ ［美］王德威：《史诗时代的抒情声音：二十世纪中期的中国知识分子与艺术家》，北京：生活·读书·新知三联书店，2019年，第19页。

代：近代中国新笑史》①（*The Age of Irreverence*：*A New History of Laughter in China*）试图发现中国现代"笑"的传统。不管是挪揄、戏谑、讽刺、幽默、滑稽，还是自娱自乐，中国的"笑"史值得研究者去书写。在血与泪的悲怆现代文学与文化史中，雷勤风为大家提供了笑话（jokes）、游戏（game）、讽刺（mockery）、闹剧/滑稽戏（farce）、幽默（humor）五种"笑"的表现形式，意图"某些形式的笑究竟在什么时候以及为什么变成一个文化特色，有时甚至将历史推往出人意表的方向"。②除去第一章引言部分，本书可以分为两部分。第一部分（第二章、第三章）作者将都市出版文化与大众文化做一概述。第二部分（第四章、第五章、第六章）从代表人物、潮流、事件等出发，提供一些个案研究。第二章关注笑话的生产与传播。从晚清作家吴趼人开始，笑话生产者通过创作、编译、改写各式笑话经印刷媒体传播，将笑话作为进步力量与改革的工具，暴露社会矛盾。而对于大多数笑话消费者来说，他们只是在意笑话的内容，而无法理解笑话背后所传递的深层的批判社会、讽刺人事的内涵。值得注意的是，作者将笑话纳入全球流通的范畴，也探讨了中国笑话作为世界文化交流中介所充当的重要角色。第三章探讨了游戏文本（好玩、戏弄、讽刺的文章、漫画、猜谜游戏、讽刺画等）如何成为社会政治隐喻的媒介；游戏场所与工具（游乐场、望远镜、照相机、电影放映机等）如何为都市居民提供了认知现代文明与丰富娱乐生活的方式。第四章从成书于清代中期的一本充满粗鄙词汇、谩骂词汇的小说《何典》的接受史出发，探讨"笑骂"是如何影响诸如吴稚晖、鲁迅等的创作风格。第五章

---

①［美］雷勤风著，许晖林译：《大不敬的年代：近代中国新笑史》，台北：麦田出版社，2018年。（英文版 *The Age of Irreverence: A New History of Laughter in China*. Berkeley and Los Angeles, CA: University of California Press, 2015；简体中文版《大不敬的年代：近代新笑史》，北京：北京大学出版社，2023年。）

②［美］雷勤风著，许晖林译：《大不敬的年代：近代中国新笑史》，台北：麦田出版社，2018年，第31页。

介绍了上海滑稽剧作家与小说家徐卓呆。他创作的爱做恶作剧的主人公李阿毛等典型人物，刻画了在滑稽上海，"即使在逆境中，百姓仍能生存、繁荣，甚至得到快乐"。①而像徐卓呆一样的许多上海文化企业家，在小说中记录了滑稽上海的新型世界中人的生存方式与人与人之间的关系。他们本人，也通过"宣扬"滑稽获得在都市生活的生存资本。在本书最后一章，作者探讨了林语堂发明的"幽默"一词是如何去除历来的粗鄙笑谑的文化传统，并"高级化"中国的喜剧传统。不管是丁西林的英式戏剧，还是老舍的幽默小说，幽默风潮在民国开始兴起。这种幽默文化的勃兴代表了民国知识分子对于改革中国喜剧/戏剧传统的尝试与决心。

从都市研究的角度来看，本书的最大贡献在于通过"笑"这个关键词，分析了都市印刷资本主义在都市生活中充当的作用。不管是提供社会批评的笑话集的出现，还是各类鼓吹娱乐游戏、享乐主义，逃避人世的游戏小报与杂志的兴起，或者是正如作者提到的："上海不断膨胀的人口、对综艺娱乐多样性的渴求以及大众媒体的蓬勃发展，催生了许多喜剧趣味。"②而另一点我们要注意的是，这本关于"笑"的研究著作不断强调现代中国在"笑"的流通领域下的全球视野。西方喜剧传统的引入、外国笑话的翻译、中国笑谑风格的输出、国际语言杂志的双向传递等，开启了现代中国参与全球情感交流与互动的新纪元。而诸如林语堂等知识分子，也为改变中国文化氛围与尝试与西方对话作出了巨大的努力。

尽管本文第一部分已经指出，近来对中小城市的关注是对学界所批判的研究者扎堆北京、上海等大城市现象的修正，但是这并不代表关于北京和上

---

① ［美］雷勤风著，许晖林译：《大不敬的年代：近代中国新笑史》，台北：麦田出版社，2018年，第262页。

② ［美］雷勤风著，许晖林译：《大不敬的年代：近代中国新笑史》，台北：麦田出版社，2018年，第231页。

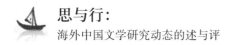

海学派放弃了对这两座城市的文学与文化景观不断探讨与挖掘。宋伟杰《测绘现代北京：空间、情绪与文学地形学》（*Mapping Modern Beijing: Space, Emotion, Literary Topography*）① 即是一例"北京学"② 领域内的范式研究著作。在此书中，作者探讨了自晚清至当代中国北京城与人之间的两个问题："北京城市景观是如何对现代主体性的塑形与变形的？文学再现是如何捕捉和塑造城市转型与物质与情感世界的社会建构的？"③ 通过分析华语语系文学各类文本，作者将以北京为主体的都市文学文本分为五类：扭曲的故乡（a warped hometown）、快照与礼节之城（a city of snapshots and manners）、美学城市（an aesthetic city）、比较与跨文化视角的帝国首都（an imperial capital in comparative and cross-cultural perspective）、华语语系文学与离散文学后记忆中的迁徙城市（a displaced and relocated city on the Sinophone and diasporic postmemory）。④ 此书第一章提出了作家老舍作为一名生活于王朝落寞时代的满族作家的复杂北京情怀。作为一部理想主义与现实主义的混合之作，老舍的《骆驼祥子》为读者展示了现代城市对个人主体性的毁灭，而《四世同堂》展示了战时北京城市居民地理心理学（psychogeography）："伤痛与净化、创伤与救赎、个人欲望与集体罪恶、失去与显现、忧郁与希

① Weijie Song. *Mapping Modern Beijing: Space, Emotion, Literary Topography*. Oxford: Oxford University Press, 2017.

② 早在1994年9月16日，陈平原即在《北京日报》第五版上首提"北京学"概念，文中作者感慨文学圈与旅游业对北京史地风物关注颇多，而研究界却鲜少关注。而在《"五方杂处"说北京》一文中，陈平原提出关于北京的都市研究应该"落在'历史记忆'与'文学想象'上"。见陈平原、王德威编：《北京：都市想象与文化记忆》，北京：北京大学出版社，2005年，第544页。

③ Weijie Song. *Mapping Modern Beijing: Space, Emotion, Literary Topography*. Oxford: Oxford University Press, 2017, p.5.

④ Weijie Song. *Mapping Modern Beijing: Space, Emotion, Literary Topography*. Oxford: Oxford University Press, 2017, p.15.

望。"①第二章以通俗小说家张恨水为例，讨论其是如何用精巧的笔调从转瞬即逝的现代北京都市生活的碎片中找寻流传固定的社会风俗与习惯的。他的小说主人公面对时代变革重新认知个人、家庭、社会、国家之间的关系。第三章以林徽因为例，探讨林徽因是如何将北京作为美学化的对象，将北京城的公共空间作为北京的文化资本以及作为建筑学家如何践行自己的城市规划的美学理想的。第四章分析了当北京正在重塑为一个现代城市以纳入现代中国民族——国家体系的时候，林语堂、德龄公主与谢阁兰，作为世界主义作家，依然致力于以跨文化比较的角度建构一个帝国之都。林语堂的北京形象记录了这个城市是如何在一系列的政治漩涡与社会变革中拥抱变化并保持文化传承的。德龄公主的叙事尝试解决一系列冲突，包括东西方教育、满汉种族、官方编史与个人记忆、女性自我与男性主导等各类议题。而谢阁兰的空间化异国情调，虚构了一个紫禁城。第五章从乡愁纪念、个人身份的本真性、离散文人的本质等分析了梁实秋的对于中国味道与北京风味的记录。而钟理和和林海音作为都市旅居生活小说作家，他们的作品成为构建身份认同的例证。而金庸武侠小说中对于北京的描述充满一种政治隐喻的情调。宋伟杰提出，这些作家在文本中呈现了空间与记忆的复杂关系，他们的五种写作模式构成了以情感与空间为中心的北京"文学地形学"（literary topography）写作。

四、结　语

除了以上这六本研究著作，还有两本学术专著同样值得我们注意，也为

---

① Weijie Song. *Mapping Modern Beijing: Space, Emotion, Literary Topography*. Oxford: Oxford University Press, 2017, p.59.

我们理解中国现代性提供了视觉政治与城乡关系的角度。保罗·毕文（Paul Bevan）《"迷醉上海" 一种都市蒙太奇艺术：上海爵士年代画报中的艺术与文学》（'Intoxicating Shanghai' An Urban Montage: Art and Literature in Pictorial Magazines during Shanghai's Jazz Age）① 探讨中国现代派，特别是活跃于20世纪30年代（作者特别选取了1934这一年）的上海新感觉派的创作：文学、艺术、电影与音乐。通过关注两条同时发生又互补的主线：沉浸于现代都市文化的上海爵士时代的作家与艺术家与从事政治艺术生产的上海和广州木刻艺术家，作者分析了创作者的灵感来源、美学体系、政治立场以及社会影响。另外，美国漫画杂志也为上海都市出版业提供了模仿范例与参考蓝本。比如美国生活杂志《名利场》（Vanity Fair）从封图到插图，从题头字体到排版形式，西方现代主义对中国漫画现代派的创作产生了深远的影响。不过，中国艺术家对西方艺术风格的养分汲取并不是单纯拷贝。对于中国漫画家来说，怎样将西方创作流派有创见地移植到中国并被中国阅读者接受，是他们不断追求的目标。对于对民国时期漫画艺术界和漫画出版业感兴趣的读者，这本书无疑提供了非常详尽的研究资料。然而正因为列举资料繁多，核心观点不明确，本书成为一部关于中国现代派画报艺术的资料汇编。另外，当我们在讨论城市与城市居民生活的时候，我们当然也无法割裂都市与乡村之间的关系。如张宇《下乡：中国现代文化想象中的农村，1915—1965》②

---

① Paul Bevan. "Intoxicating Shanghai" An Urban Montage: Art and Literature in Pictorial Magazines during Shanghai's Jazz Age. Leiden: Brill, 2020. 此前保罗·毕文于2016年在博睿学术出版社出版了一部著作，它是通过研究1930年代上海漫画圈，由此推论中国都市视觉主义现代性的来源、特征与发展，具体内容见《一种现代混杂：上海漫画家，邵洵美的圈子与陈依范周游列国，1926—1938》（A Modern Miscellany: Shanghai Cartoon Artists, Shao Xunmei's Circle and the Travels of Jack Chen, 1926–1938）。

② Yu Zhang. Going to the Countryside: The Rural in the Modern Chinese Cultural Imagination, 1915–1965. Ann Abhor: University of Michigan Press, 2020.

也是涉及探讨城市与农村关系的专著。在张宇看来，研究者既不应该把城市与农村对立，也不应该忽视城市与农村之间的互动关系。这种共生共竞的关系应该作为认识中国现代性的前提与基础。通过分析原籍农村的城市知识分子的回乡感怀、戏剧家的乡村戏剧普教实验、海外友人对于革命农村的田野调查、乡镇干部在农村的普法教育与改革、社会主义城市建设者在乡村的热血实践等，张宇为我们提供了一把认识城市与农村之间错综复杂关系的钥匙。

本文对近五年来海外涉及中国都市文学与文化研究的著作做一总结。然而由于篇幅内容限制，难免挂一漏万。21世纪以来出版的众多研究专著或多或少涉及了都市日常生活、印刷出版政治、中央与地方的互动关系、个人与外部环境的调和等。另外，本文也无法穷举以上提及的著作中的所有观点。这可能需要我们去仔细阅读每本书的具体分析脉络。这些著作为我们打开了新的视野，为我们理解中国现代性（从国家到个人层面）提供了新的角度。本文选取的三个角度：本地性、文本现代性、"情"，虽然在表面上看来三者互不相关，但在本质上都在讨论同一核心焦点问题——怎样在变革时代认识中国现代性：不管是中国地区如何纳入现代世界的体系之中，还是参与到全球知识交流生产之中，还是不断关注个人感受以及怎样处理个人与世界的关系。在研究者看来，中国现代性不是西方现代性的模仿、翻版与拷贝；中国现代化的历程不是单一区域发展，而是多点发散；不是同倍速发展，而是每个地区有其自身的发展速率与节奏；不是达尔文主义式的线性发展方式，而是在历史时间框架下前进与倒退的交错与交替。

正如吴国坤与司昆仑两位学者一样，研究者关注内陆的疆域、边缘的腹地、与京沪异质的城乡发展、不均衡的都市性以及现代化进程。作为组成现代中国的一部分，这些城镇，甚至村庄，从来不应该被刻意遗忘或者任意忽略。乡村现代性从来不会在中国现代都市小说中缺席。相反，时代发展在乡村打下的烙印也证明了不应该把认识中国的视野框定在由封闭城墙围绕的城市区域范围之中。正如李劼人不断追寻的成都乡村现代性和城市现代性一样，他用写作为读者提供了腹地城市成都以及成都周边的乡村生活图景：在革命与战争中所经历的从家庭结构到城市系统的或细微或宏大的变化。这些变化不仅仅是来自西方影响的冲击，他们也有自身的发展逻辑与进程。来自西方以及来自先行发展的中国其他地区的影响势力同样对成都产生了深远的影响。李劼人紧紧抓住变化时刻，铭刻记忆，为读者提供民族志般的地方生活图景。而巴金在小说作品中对于成都地方家庭的关注也编织进一个宏大的政治夙愿与时代视角之中。小说结构设计与人物形象构架也为大众提供了转折时代的隐秘却精巧的符码。故事主人公并未脱离时代环境而存在。摆荡在地方与国家之间，个人与集体之间，本地性包含的关于地方（place）与个体（individual）的两大方面，为我们理解"本地性"的外延与内涵提供了全新的维度。

另外，中国现代文学也可以作为我们认识中国现代性的一个窗口。我们也必须认识到中国现代文学文本生产的复杂性：不管是文类，还是思潮，中国现代文学的文本现代性同样值得我们在翻译实践、印刷政治、文化挪用、消费文化等领域关注。正如魏艳指出，晚清侦探小说为我们提供了从文化翻译到文体本土化以及文化互传的丰富研究材料。在这场文体变革过程中，我们看到了晚清翻译家的努力，民国小说家的创意，西方知识分子的尝试。他们的辛勤工作也构成了中国现代化进程中中西交流的重要一环。而通过研究欧洲颓废主义在中国的引介与改造，王鸿渐也同样从文艺思潮的西学东渐角度为我们提供认识文本现代性的研究成果。浸润在西方文学的丰富养料中的现代中国作家，在不断地自我吸收和创造的过程中，将"颓废"呈现出多样的面向。而中国当代作家，也不断用颓废风格与手法拓展暴露内心的边界，建构中国"颓废主义"。需要着重指出的是，我们不能忽视中国作家的个人智慧与努力，他们绝不是将西方文艺思潮照搬照抄，这也可以被认为是中国现代文学文本现代性的重要特征之一。

而关于对于个人内心的探索与扩展，情绪与情感也是一种理解中国现代性的表征之一。城市情感研究依然有许多方面值得我们去探讨。雷勤风的现代中国笑文化史研究提供了理解现代中国人情绪的多维面向。本土笑谑、讽刺、滑稽传统在与西方传统接触之后，同样也生成与演变成了新的模式。而以"笑"为主题的各类文化产品，包括小说与戏剧，都成为大众参与政治、表达个人情感、国际文化交流的工具。而宋伟杰的关于北京空间与情感的研究，也论证了情感是如何在空间中锚定，空间又是如何被情感表达形塑的。不管是北京作家，还是外国作家与移民作家，他们对北京的再现也提供了一种全新的比较视角。宋伟杰的新"北京学"研究，为我们厘清了通过北京小说可以聚焦出关于性别与身份政治等诸多内容。情绪与情感虽然有其微妙的、私人的、转瞬即逝的、变化多端的面向，但是我们从历史中抓取的这些感性瞬间，也能够作为洞察人世的完美材料。

另外，以上几部研究著作均涉及了舞厅、电影院、咖啡馆、弄堂/胡同、石库门/四合院等现代都市的代表性空间场所与场景。这些空间不仅仅是都市居民生活与娱乐空间，同时也形塑了都市人/市民本身：地方物质性与日常生活（吴国坤）、家族居所与城市空间的关系（司昆仑）、都市空间人际关系与两性交往（魏艳）、颓废生活与日常经验（王鸿渐）、游戏场所的建设与都市生活（雷勤风）、空间与个人记忆（宋伟杰）等。所以，关于城市空间与日常生活的研究，有更多等待研究者们去深耕与挖掘的空间。

行旅中国：
海外汉学的中国旅行研究探微

近三十年来欧美西方汉学界中国旅行书写研究现状、问题与趋势

一、绪　言

随着20世纪末后殖民主义理论的引入，旅行文学研究逐渐兴盛，日渐成为学界关注的热点之一。全球旅行遂被认为是一种帝国的志业、环球的责任、资本的膨胀与殖民的扩张。自20世纪末开始，中国旅行书写研究也随着西方理论的引入而日趋兴起。在后殖民、启蒙、跨语际等知识理论的框架下，学者们往往关注晚清民国旅行者的越洋跨境经历，着力突出他们所遭受的文化震惊、身份困惑、转译难题等问题，关于中国人的海外经历方面的著述尤多；而在这些卷帙浩繁的海外旅行研究学术著作中，关于在"中国""中华帝国""中华文明"等相对宽松划定的地理疆域内的长途跨境/越界旅行研究，在海外汉学界则并不多见。①

海外汉学，特别是欧美西方汉学的中国旅行书写研究从未在国别文学研究领域，包括中国古典文学研究领域占据主导地位。在中国古典文学研究领域，海外学者往往关注诗歌、小说、戏剧等主流文类，对旅行文学较少以主

---

① 关于在中国跨文化旅行的西方研究成果，郭少棠简要归纳了基本著作所涉及的范围，并大致分为中国古代文人旅行研究、外国知识分子旅行研究、宗教朝拜旅行研究三类。见郭少棠：《旅行：跨文化想象》，北京：北京大学出版社，2005年，第11页至第12页、第36页至第40页。

题文体进行研究。在中国现当代文学研究领域，由于根深蒂固秉持的文类等级（hierarchy）观念的影响，游记文本往往列位于小说、诗歌、戏剧等文类之下，不被纳入正典或正统之流。另外，由于旅行文学本身的闲适、散漫、安逸、布尔乔亚等标签性特征与目的，在情节架构、叙事模式、写作风格、语言技巧等方面往往较为散漫与随意，文学性价值相对较弱，故而学界对旅行文学的关注度不高。

本文通过归纳欧美西方汉学界近三十年来中国旅行书写研究，[①]发现其路径有三。[②]第一，对中国大陆旅行史以一种总体史研究方式进行把握。中国古代旅行文学的发展与代际传承、历史堆叠、世代变革有关，自有其脉络可以追溯，而中国现代旅行文化也与国族建设、边界划定、国家想象、反殖运动、身体政治一脉相承。第二，从风景建构的角度探讨文学与地理的关系。文学与地理之间相辅相成、互相依存。文学不仅是对地理的表征，也是形塑观景之人的人生观和世界观的媒介。海外中国研究学者从文学再现、景观制造、文人身份、文化政治等角度来探寻。第三，以单一景点、单个旅行家/探险者/冒险家的角度，以点概面、管中窥豹，以此来理解中国旅行书写。不管是徐霞客文人与探险家形象的时代流变，还是作为旅游景点的黄山及其他滨海旅游地区的形塑人们生活习惯与方式的角色转变，海外汉学家以独特视角来重绘从古至今中国旅行的别样图景。海外汉学在中国主流研究的基础上提出了一些新见，与华语世界研究学界互相映照，互为补充，相互影响，交互借鉴。

值得一提的是，在以下讨论的研究之中，学者提及的旅行写作的情形，

---

① 因本文分析内容仅限于海外汉学研究中所涉及的国人在中国的旅行书写的内容，关于外国人来华旅行经历的海外研究情况，笔者将另撰他文再作讨论。另外，海外汉学界关于宗教旅行写作的研究可谓是汗牛充栋，值得专文转述；然而，限于篇幅，本文也不予以详述。

② 相较于欧美西方汉学界对中国山水风景文学的研究，日本汉学界对山水游览始终重视有加，如小尾郊一、小野四平、高津孝、户崎哲彦等对中古山水游记的研究提供了别样视角。

既涵括肉身的越界跨境、翻山越岭，实地探访自然景观与人文古迹；也包括居家卧游、想象梦游，神游创作身不能至、心却向往之地；或者从更广义来说，还包括信息、知识、资源、物件等的流转与传播、流通与混杂、交往与变异。此外，本文所探讨的"中国"的文化和地理概念非常宽泛。鉴于中国广袤的地理邦畿以及不断变动的朝代版图，所谓的"中国"疆域内的旅行往往也有"异族"与"他者"的遇见和交融，历朝各代中国旅行者的流动也包括空间的体悟、他者的凝视与自我的认知。

二、整体与概述：一种总体史的把握

海外汉学将中国旅行史作为一种整体史的研究并不算多，但众多海外研究学者达成一种共识：中国旅行写作的发展历程，是吸纳翻新故往文本材料、继承前人创作遗产、不断演变与深化的过程。美国加利福尼亚大学洛杉矶分校荣休教授石听泉（Richard E. Strassberg）于 1994 年出版的《题写的风景：中国历朝旅行写作》（*Inscribed Landscapes: Travel Writing from Imperial China*）①一书是西方世界较早介绍与系统翻译中国旅行写作的学术著作。他在导论部分对中国旅行写作的总结中述及，只讨论先秦到宋代时段，而在翻译文本部分加入了大量金、元、明、清朝旅行写作，但对上述加入时期之写作特色未在导论部分讨论稍显遗憾。绪论部分首先指出，西方旅行写作注重建构自由的独立存在，对个体极为推崇。而中国直到唐代中期开始，旅行写作者才以第一人称开始抒情散文游记的写作。到十一二世纪，抒情游记蓬勃发展。通过对先秦至宋代旅行文本的分析，石听泉总结了以下几点：第一，

① Richard E. Strassberg. *Inscribed Landscapes: Travel Writing from Imperial China*. Berkeley and Los Angeles, CA: University of California Press, 1994.

中国古代旅行作家专注于景观的文本化（textualizing landscape）。一方面将物质景观与文人名声相互联系，另一方面也是将边远/边缘地区的他者纳入中国秩序的进程。第二，中国古代旅行写作一般在历史写作（客观、道德化的历史编纂写作）与个人写作（主观、美学性的抒情表意写作）两种写作手法间摆荡。在记录历史方面，许多作家巨细靡遗地讲述历史，铭记过去；在个人写作方面，旅行作家又融情于景，情景交融，抒情言志。第三，自先秦以来，旅行写作者具有鲜明的"流放症候群"（exile syndrome）特征，他们的写作往往表达服务朝廷的宏愿未满与壮志未酬。石听泉的诸多观点，诸如互文性、胜地与文人的关系、史诗与抒情等分析理念与框架，对后世学者的深入研究颇具启发地开启了诸多门径，我们显然可以看到后世诸多学者循着上述这些理论路径来进行深化研究。此后，虽然未以具体主题或延续时段对中国古典旅行写作文学作进一步研究，石听泉仍在2003年出版了《中国动物寓言集：〈山海经〉中的精怪》（*A Chinese Bestiary: Strange Creatures from the Guideways through Mountains and Seas*）[①]一书，从神话学的角度，兼备地志和神游的研究视角，向西方学界译介中国神话地理文学经典，或许是他另辟学术理路的尝试之作。

石听泉的开山之作将众多中国古代旅行文学通过译介的方式带给英语世界的读者。然而他只是简略地介绍了自先秦到宋代的旅行写作。真正完备的中国古代旅行文学与文化史直到2018年才出版。以下探讨的两本旅行史通史著作恰好年代互为补充，也可见两者研究路径的显著差别：文本审美与意识形态。如此两种旅行史的写作路径恰好成为海外汉学中国旅行史的两种经典范式。

美国纽约州立大学阿尔伯尼分校教授何瞻（James M. Hargett）《玉山丹

---

① Richard E. Strassberg. *A Chinese Bestiary: Strange Creatures from the Guideways through Mountains and Seas*. Berkeley and Los Angeles, CA: University of California Press, 2003.

池：中国传统游记文学》（*Jade Mountains and Cinnabar Pools: The History of Travel Literature in Imperial China*）（以下简称《玉山丹池》）①是海外汉学界第一部编年中国传统游记文学史的著作。职是之故，此书通过文学形式研究（体裁研究）与历时研究（文学史）相结合的方法，致力于将游记文学（尤其是游记散文）这一体例的兴起、发展与繁荣作一概览式的考量，研究年代从六朝至明末，时间跨度长达1400年左右。对于非母语阅读者来说，这是一本从宏观全景维度了解中国古代游记文学的入门级的学术著作，所以在枚举案例分析的时候，往往为了以点带面而不得不点到为止。全书分为五章：第一章专述中国山水写作的发端，指出六朝时期出现的赋、书、序、记以及佛教旅行文本，均开始留意于行动/移动/位移的概念，表达旅行写作的呈现是一种动态过程。另外，诸如慧远、石崇、法显等旅行写作者关注地理位置的标记与史实典故的使用，为后世提供储备式意象（stock topoi）的范式；同时，这些旅行作家开始使用"景观描写—作者评论"（scenic description-author comment）这一叙事模式，对于所观之景作出回应，如《水经注》即是从纪实性向文学性语言的过渡。第二章关注唐代旅行写作的再发展，关注不同旅行作家采用不同的创作技巧：以柳宗元为代表的文人山水散文的创作，玄奘用信息性和描述性语言相结合的方式来记录异域奇闻，李白创作的记事游记散文，元结的深度发展描述游记，李翱旅行日记的出现，诸如此类，在文学体裁、语言风格、叙事组织方面独树一帜。第三章将宋代游记纳入家庭出游框架之中，指出旅行作家在体裁多样性方面（游览叙述、江河日记、使臣叙述）所做出的努力。第四章阐述金、元、明旅行写作的转变，篇幅较之前述数章而更长，加入了更多个人化甚至离题性质的讨论，提到旅行

---

① James M. Hargett. *Jade Mountains and Cinnabar Pools: The History of Travel Literature in Imperial China*. Seattle: University of Washington Press, 2018.（中译本见［美］何瞻著，冯乃希译：《玉山丹池：中国传统游记文学》，上海：上海人民出版社，2021年。）

游记也仰赖作者的视觉与听觉细节的编排。第五章分析旅行写作在明末黄金时代的成就，从娱乐游览、学术评论、地理调查三种类型来探讨明末旅行写作的日渐成熟，这三种类型均展示了旅行写作对于自我呈现/再现（self-re/presentation）的努力。旅行写作在当时成为一种肆意表达自我的文本样式。

另外，何瞻在第五章特别提及，不应将徐霞客等旅行作家仅仅看作是探险地理作家，其作品的文学性一再被大众忽视这一事实。全书的主要特色包括四个方面：第一，将中国游记文学当作是一个连续发展（continuous development）过程，在明末之际达到顶峰。第二，将游记文学当作是一个动态变化、兼收并蓄的开放体裁进行研究。不管是单纯描述，还是个人评论，旅行写作者都提供了不同版本的旅行写作。第三，研究文本互文性的问题。与诗歌明显的典故援引、选词模仿、句式结构不同，游记散文对前代的文学借用并不明显，然而许多文本因描写同一地方或地域成为一种文本集合体。第四，中国游记文学尤为关注视觉性，特别是在通过空间移动而构建的视觉性景观以文字的形式来动态化呈现。①《玉山丹池》一书还留白诸多未有涉及的问题：其一，旅行写作的出版与自我表述之间的关系。书中提及的作家有意识地为了日后公开出版而写作的旅行日记，是怎样进行自我形象的塑造的？在创作过程中有意识地组织过程，是否有迹可循？其二，旅行作家如何平衡作为写景状物的消闲放松旅行与作为观时审世的社会考察旅行之间的矛盾？作为休闲的旅行与作为调查的旅行之间如何达到一种平衡？

美国波士顿学院副教授莫亚军《行旅中国：一部旅行文化史，1912—1949》（*Touring China: A History of Travel Culture，1912-1949*）（以下简称《行

---

① 在《玉山丹池》一书"总论"部分，何瞻总结了其对中国游记的四个观察。见《玉山丹池》，第18页至第22页。在此基础上，笔者结合正文章节内容进行进一步归纳与总结。

旅中国》）是近来出版的唯一一本研究民国时期旅行文化的学术专著，①填补了何瞻所预留的部分时间空白（清代部分依然空缺）。《行旅中国》的核心观点是"现代旅行塑造/造就现代中国"（Modern Travel Made Modern China），②全书将晚清民国旅行的旅行实践进行分类，除导论与结论外共分为五章。第一章和第二章为第一部分，分析中国旅行社以及友声旅行团的商业旅行活动，探知私营机构与组织是如何通过建立一个统一的国家市场，营造"中国旅游"这个概念来建构民族旅游业的。第二章独立作为一部分，研究印刷资本主义在中国的兴起与发展，着力分析导游/导览手册、旅行杂志及旅行专栏怎样推广"全国"这一概念并且将国家看做一个整体。第三章、第四章、第五章为第三部分，分析在西北、东南、东北及我国台湾地区的科考探险、商业调查和战时逃难等旅行活动，特别留意在面对殖民主义者对边地的侵略与控制的时候，旅行者激发的爱国主义与民族主义热情如何体现旅行与国族空间的构型之间的紧密关联。《行旅中国》使用国族建构（nation-building）这一理论框架，将旅游作为产业与志业进行民族化架构的分析。

莫亚军此书提出了至少三大富有创新意义的洞见：第一，破除历来将民国旅行作为休闲娱乐活动的苛责，确认民国时期的商业旅行在塑造民族国家的过程中也扮演了重要角色。不管是民族资本家建立的中国旅行社，还是民间组织的业余旅行活动团，都在推广国家地理概念上作出了许多贡献；国内旅行是作为一种定义中国疆域、划定一个统一的多民族国家的国族观念活动。第二，以"想象共同体"为框架的中国现代印刷资本主义，对于建构中国也作出了一定的贡献。民国时期不断涌现的旅行类期刊、画报、报纸等一

---

① Yanjun Mo. *Touring China: A History of Travel Culture, 1912–1949*. Ithaca: Cornell University Press, 2021.

② Yanjun Mo, *Touring China: A History of Travel Culture, 1912–1949*. Ithaca: Cornell University Press, 2021. p.207.

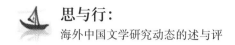

系列印刷出版物，不光开阔了大众视野，同时也形塑民众意识。第三，民国时代边地的异域化、他者化的认识与所谓的建构现代中国、纳入中国版图的互动意义，亦即是回答这样一个问题：边地的特殊性如何被纳入普遍性的框架之中？《行旅中国》关于民国旅行史与旅行文化的研究跨越了商业政治、日常生活、印刷出版、地理想象、科学考察、离散族群等多个研究领域，将与旅行相关的虚拟与实体活动均列入研究范围之中，为我们认识民国时期的旅行活动提供了丰富的材料。

不过，《行旅中国》还留下一些待我们思考的问题：第一，将旅行活动纳入"民族—国家"框架之下，是否抹去了其他许多日常旅行或者位移活动的特征与特质？第二，除了"建构中国"这一类型的旅行活动，我们是否还可以探讨其他诸如宗教朝拜、家庭旅行、自主迁徙等旅行活动的多样性？现代中国旅行形式的多样性是否有待我们进一步挖掘？第三，当我们在研究现代中国旅行图景的时候，性别、阶层、年龄因素是否同样可以作为考虑的维度？显然本书涉及讨论的旅行写作者大多为男性，女性与儿童如何在现代中国旅行？他们的声音如何被听到、认识并且理解？这些问题都有待学者作进一步的分析与研究。

三、景观与风物：文学、地理与旅行写作

美国哈佛大学教授田晓菲《神游：早期中古时代与十九世纪中国的行旅写作》（*Visionary Journeys: Travel Writings from Early Medieval and Nineteenth-Century China*）（以下简称《神游》）研究中古时期与19世纪（海外旅行）

两个时段的中国旅行文学写作模式。①因本论文着重关注中国国内旅行文学，故仅讨论《神游》前三章的内容，而后半部关于中国19世纪海外旅行文学的章节在此不作讨论。通过研究诗、赋、道教写作、佛经及注论、出征记、行旅赋、佛教游记等不同类型的文本材料，田晓菲提出研究中古旅行文的两个重要概念：第一，中古时代魏晋时期的旅行者具有"心灵之眼"（mind's eye）。所谓"心灵之眼"，是一种观看模式、创作章法、想象范式。东晋文人以"心灵之眼"模式对自然景观的观览其实是重审内心的一种延伸。换句话说，是观者对自然景观的理性观照才感知到了外部世界之美，生成一系列的洞见（insight）；有时肉身无须到访也可以通过"心眼"想象制造外部世界。个人化场景的铺陈展现成为东晋诗歌的主要特色之一。这种通过旅行写作呈现的观看视角、法则、态度、反应等，精心再现了山水风景，也通过"景""心"交融达到至臻至善地步。第二，在时代变革的语境下，中古时代的旅行者经历了"错位"（dislocation），"既是实际发生的，也是象征性的；是身体的，也是精神的"。②在身体与心灵或其一越界或两者皆"跨境"的前提下，这种"错位"不仅为他们提供了视觉与身体上的差异体验，也提供了思考方式的全新置换。旅行作家不断在比较性思考中理解个人与世界。

　　基于以上两个理论框架，田晓菲还总结了中古时代旅行写作关于观看、观照、想象的模式。第一，中古时期的旅行写作以"历史模式"呈现，在时间概念的映照下关注今昔之对比，或感伤故去，或借古讽今。不管是王羲之，还是陶渊明、谢灵运、戴延之或者其他旅行文学作者，都在尝试用一种打乱时序的方法来处理古今之关系。而作为"历史模式"典型的两类作品

---

① Xiaofei Tian. *Visionary Journeys: Travel Writings from Early Medieval and Nineteenth-Century China*. Cambridge, MA: Harvard University Asia Center, 2012. （中译本见田晓菲：《神游：早期中古时代与十九世纪中国的行旅写作》，北京：生活·读书·新知三联书店，2015年。）

② 田晓菲：《神游：早期中古时代与十九世纪中国的行旅写作》，北京：生活·读书·新知三联书店，2015年，第5页。

中——由过去定义现在的"征行赋"、个人主观时间凌驾于政治性时间之上的"征行记"——"赋的作者永远在主动地观看、究察和思考，比如谢灵运；但是记的作者可以是观看、究察和思考的物件，比如戴延之"。① 征行赋关注遗迹与史实，将地理的重要性替代为历史的重要性，强调附着在物质性古迹上的意义与价值；"征行记"往往把个人前置于历史舞台与图景之前，强调作者的主观性与主角性，有时也出现对循规越矩路线的探险与意外经验，彰显个性色彩。这种个性化写作的方式成为表志言情、诉心怀意的别样创作方式。第二，中古时期的旅行写作，特别是异域写作，往往以"天堂/地狱"模式来展开。这种两分法的写作方式，不光是对异域的想象，同时也间接说明旅人克服困难的坚强意志。旅行对他们来说不光是一种测试与考验，也是一种证明与确立。从中心与边缘的关系来看，法显的旅行反转了"中国"与异域之间的中心和边地的关系。"中国"成为边地，异域成为"中心"。在中心与边缘不断游移过程中，中古时代旅行写作者实现了对异域的描摹/想象与自身的认知/确认。当然，也有诗人表现出一种例外的状态，比如谢灵运就对居于"中间状态"情有独钟，用身处这一状态来表现其独特的个人特质。田晓菲关于中古时代旅行写作模式的探讨为我们提供了个人与风景、抒情与表意、主体与客体、历史与日常等众多问题的探讨。

然而值得一提的是，田晓菲的分析还有一些悬而未决的问题：第一，此书所讨论的大多为山水诗。除了山水诗歌之外，人文景观或者其他情境类（节庆、闺怨、情事、军事）等书写该如何看待？这些诗歌作品是否提供了关于个人与国家、历史与政治、个人与社群等不一样的理解角度？第二，除了"历史模式"与"天堂/地域"模式，中古诗人是否还有其他的创作模式？仅仅归结为两种模式，是否有过度概括（over-generalization）的危险？第

① 田晓菲：《神游：早期中古时代与十九世纪中国的行旅写作》，北京：生活·读书·新知三联书店，2015年，第80页。

三，上述两种模式是否可以理解其他朝代的旅行写作？或者，换句话说，其他朝代的写作是否包括或者超越这两种旅行写作模式？

美国哥伦比亚大学教授商伟《题写名胜：从黄鹤楼到凤凰台》（以下简称《题写名胜》）①尽管以中文写作，研究思路却仍是汉学式的：从名胜与唐诗的互为仰赖的关系入手，从诗人与名胜的"所有权"关系入手，从先行者与后继者的关系入手，基于互文性与影响焦虑两大理论讨论名胜、文本、诗人之间的错综关系。第一，从名胜本身来说，一方面它们可以作为实体物质基础为诗人提供创作材料与灵感来源，通过碑刻、拓片等以实体留存的方式为诗人提供声誉凭证；另一方面，名胜也可以仰仗诗文的流传获得不朽之地位。不管名胜如何初建、鼎盛、荒废、倾圮、翻新、重修，只要诗文不散佚，文章即亘古流传，名胜不管实体存在与否，亦不会湮没无闻。同时前后代诗人对同一名胜的阐发，可以从不同角度为名胜提供新的注解。第二，就以同一名胜为主题的诗歌文本来说，这些诗歌通过历时性与跨空间性的对话，不光构成了组诗对照性质的互文性文本，同时也通过经由代际诗歌辑录的编纂者之手进入诗歌史，不断正典化、系统化之后，在中国诗歌史和文学史中留有一席之地，进入经典文学殿堂，辑录在册成为享誉中华帝国的文化资本。正如商伟所说，"所谓名胜风景并非诗人登临观览、描状物色的直接产物，而更多的是他与先前的文本不断对话协商的结果"。②第三，就不同代诗人而言，后代诗人对前代诗人的创作从主题、选词、句式、音韵的努力复刻与升华，有时也带动了前代诗人的声誉传播，同时这种竞争性的关系也促成了文坛的文本活跃化。不管名胜古迹存在与否，不管对话物件存在与

---

① 商伟：《题写名胜：从黄鹤楼到凤凰台》，北京：生活·读书·新知三联书店，2020年。尽管此书并未见英文专著出版，但由于商伟常年在海外从事教学与研究工作并且此书的研究框架很大程度上受到西方学术脉络的影响，故也将此书纳入欧美汉学的研究范畴。

② 商伟：《题写名胜：从黄鹤楼到凤凰台》，北京：生活·读书·新知三联书店，2020年，第171页。

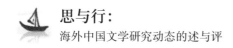

否，后代诗人通过"想象/缺席写作"，卧游式想象访古拜迹的旅程，与前代诗人与文学遗产及传统的"跨时空对话"，成为当时诗歌创作的另类风潮。

前后代诗人的模仿与借鉴、改进与超越、推进与升华，不光是一种获取进入正典文坛入场券的"文学竞赛"过程，也是一种对将自我名声实体化、主张甚至与其他诗人其自身对于名胜的"所有权"——作品流芳百世，将个人名声与名胜挂钩，实现其本人的肉身超越与声名永固。众多唐代旅行写作不光为我们打开了认识名胜的视窗，也在文学创作与文学经典化领域提供了理解唐代诗歌的全新角度。仍然值得追问的是，《题写名胜》尚未提及在唐诗经典化、诗人神圣化的过程中，诗选编纂者/编撰者扮演了怎样的角色，官方与地方学术机构扮演了怎样的角色，文学作品与政教机制之间存在怎样的千丝万缕的关系。另外，《题写名胜》仅仅从作者本人在当时的创作情境讨论，如何以超越作者的他者角度，以"后见之明"式的将来现在时角度来认识作者形象与作品在唐代以后的不断变迁甚至变异，也是仍待厘清的问题。

四、观光与探险：旅行者的经验

英国爱丁堡大学中国研究高级讲师汪居廉（Julian Ward）于2013年出版的《徐霞客（1586—1641）：旅行写作的艺术》 (*Xu Xiake [1586-1641]:The Art of Travel Writing*)（以下简称《徐霞客》）是英语学界第一部以徐霞客作为研究对象的学术著作。①正如汪居廉在绪论部分结尾指出，该书旨在揭示徐霞客作品中的主观因素的重要性（the importance of the subjective）。与以往认为的徐霞客以地理学家身份勘探地貌、描绘地质、探查地形的科考身份书

---

① Julian Ward. *Xu Xiake (1586-1641): The Art of Travel Writing*. New York: Routledge, 2013.

写不同，汪居廉试图从感性而非理性的角度来还原一个鲜活的旅行者和旅行作家形象。

此书从中国游记史开始谈起，继而关注徐霞客旅行写作的普遍特色，最后着力分析其关于中国西南地区的游记风格和写作特色。其主要观点有三：第一，从信马由缰的奇思妙想，到想象神游式的写作，再到亲眼所见的实地探访，中国旅行文学自先秦至明末发展日臻成熟。第二，作为探险家的徐霞客是后世的经典化创制；而他的古典文学素养、对文学敏锐度以及融合儒道、风水理论等写作，兼具文学与宗教的知识素养，这些特质往往被大众忽视。第三，徐霞客的西南游记依然遵循了既有的中心/边缘模式，对边地少数民族抱有中原文化与文明的优越感，然而在实质上他也帮助云南土司在文化政策上获得一种政治权威与政权稳定。该书第一章关注中国早期游记史，从其志怪神话起源谈到自唐代起作为一种独立文体。时至明代，游记成为一种追寻个性启蒙（personal enlightenment）与精确地理信息（geographical information）的表达方式。或者说，这是一种感性与理性相结合的表达方式。

汪居廉指出，唐以前的地理写作只提供客观信息而隐藏了个体情感。自唐代柳宗元开始游记写作，风潮逐渐转变，将史实与观感结合。宋代之时，由诗人与外交使者撰写的游记文学的知识化/智识化与经典化发展升至巅峰，但并无精确探险意识。时至明朝，文人与地理学家不断丰富游记文类写作，艺术家与理学家不断开拓新的领域。另外，作为地方旅游与贸易的记录的地方志以及路程图记，在明代见证作为一种产业的旅游业的兴盛，使得明代的旅行写作成为事实与意见的结合体。徐霞客拥有勇敢、独立、爱冒险的性格，他心存对自然的敬畏，与现代科学探险科考方式大相径庭。在主体部分，针对部分学者对于徐霞客游记主旨混乱、叙事糟糕的写作技巧方面的诟病，汪居廉指出徐霞客西南游记的美学价值根植于古代关于自然的写作的美学传统；最后一章则重点分析徐霞客对于中国山川峡洞的拜访。在汪居廉看来，徐霞客既取法文学传统，又彰显符合其年龄的个性特征，其写作在理性观测与感性抒发之间达到平衡，其文体风格、叙事模式也成为值得考量的重要内容之一。尤值一提的是，20世纪70年代新发现的徐霞客游记对已有材料进行了填补与扩充，挑战了此前对徐霞客写作过分功利与客观的苛责，丰富了徐霞客的旅程细节。这些材料也被该书运用，用以证明徐霞客对自然的美学敏锐度，对古典传统知识的援引与借鉴，发掘出其阳刚、果敢形象的另一面，"反映出徐霞客传达的是一种人类与自然达成和谐状态的意识"。① 汪居廉论述徐霞客的写作语言特色，指出活动（movement）与视野（vision）的结合，双脚与双眼，观察/观测/审视/搜寻（investigation），助动词、形容词与对仗句式的使用，彰显徐霞客在主观情感与客观记录上的努力。

基于以上几点的考量，对汪居廉的研究留有诸多重新思考的余地：第一，从版本学、文本经典化、作家形象塑造等方面考虑，在不同版本中，编辑对于徐霞客游记有心或无意进行形象剪裁要如何定夺？所谓不同版本的徐霞客游记所建构的自然景观是徐霞客本人的形象其实只是不同编辑的想象式建构？第二，徐霞客孤勇冒险的探险家形象是后世不断累积建构的结果。不同时代，基于何种原因，要建立如此的徐霞客形象？第三，基于何种原因造就了徐霞客的"自我东方主义"式的态度？他对西南地区的旅行写作是为了重新确立自我优越感身份还是对于边地自然的猎奇？

瑞士苏黎世大学东方学院现当代中国首席教授洪安瑞（Andrea Riemenschnitter）旁涉旅行文化研究，其于2015年发表的中文论文《旅行家的召唤：徐霞客及其西南边陲之旅》②指出，徐霞客游记所表达的不仅仅是探险式的

① Julian Ward. *Xu Xiake (1586–1641): The Art of Travel Writing*. New York: Routledge, 2013, p.82.

② ［德］洪安瑞：《旅行家的召唤：徐霞客及其西南边陲之旅》，《河南大学学报（社会科学版）》，2015年第1期，第1页至第10页。

英雄主义精神，还在于一种坚持内在自我发展的仪式感。第一，以徐霞客为代表的旅行家不再如前人一般表达对逃避官场的无忧无虑（不管是否出于真心），而热衷于求索新知，启迪心智。第二，徐霞客对于将所观之景纳入自定的宇宙观中的想法，虽与后世建构的理性科学探险形象相悖，但是也表明他的个人形象的多面性。第三，徐霞客的这种"旅行癖"以及对"奇"的追求并且勤于写作的过程，是一种将中国旅行写作仪式化的过程。与汪居廉类似，洪安瑞也试图超越故往对于徐霞客英勇探险家刻板印象的讨论，指出在自我培养（self-cultivation）这一方面，徐霞客的不断努力。

关于现代中国旅游业的发展，诸多研究者也提供了许多从景点到旅行者个人的案例分析。比如美国西雅图华盛顿大学教授董玥（Madeleine Yue Dong）在《上海的〈旅行杂志〉》①一文中指出，上海旅行者的世界主义身份是基于与中国其他地区的人的比较中建构和确认的；正是处于此种比较，上海人的身份得以建立，上海具有"半殖民性质"的世界主义文化精神是通过上海人离沪出行并且与外地人交流中逐渐形成。葡萄牙里斯本大学助理教授安东尼奥·巴伦托（António Barrento）在《变/去现代：晚清与民国时期在海滨与山庄度假胜地的旅行经验》（*Going Modern: The Tourist Experience at the Seaside and Hill Resorts in Late Qing and Republican China*）②一文中通过研究滨海和山区旅游目的地的变化过程，指出民国最负盛名的旅游图文杂志《旅行杂志》塑造了现代中国人的身心观念——对寻求理想庇护地的需求，对理想旅行经验的追寻，以及将旅行作为身心塑造重要一环的诸多理念。美国俄克拉荷马大学副教授高敏（Miriam Gross）在论文《轿子上的胡思乱想：民

---

① Madeleine Yue Dong, *"Shanghai's China Traveler,"* in Madeleine Yue Dong and Joshua L. Goldstein, eds. *Everyday Modernity in China*. Seattle: University of Washington Press, 2006, pp.195-206.

② António Barrento, "Going Modern: The Tourist Experience at The Seaside and Hill Resorts in Late Qing and Republican China," *Modern Asian Studies*, 2018, 52 (4): 1089-1133.

国市场化旅游业，1927—1937》（*Flights of Fancy from a Sedan Chair: Marketing Tourism in Republican China，1927-1937*）[1]中指出，民国时期建立的中国第一家商业旅行社——中国旅行社将西方旅游业概念本土化，为大众推广了两大理想旅行之地——安徽黄山与中国的南海地区，这一商业化过程建构了旅行目的地，同时也为建构地方与民族身份提供了契机。

麻省理工学院历史系教授邓津华（Emma Jinhua Teng）在《台湾的想象地理：中国殖民旅游书写与图像，1683—1895》（*Taiwan's Imagined Geography: Chinese Colonial Travel Writing and Pictures，1683-1895*）[2]一书中承继新清史研究理论脉络，从清人对于台湾的游记书写出发，描绘出清代知识分子对于台湾从蛮荒弹丸之地到大清王朝疆域一部分的意识转变，同时也反映了清朝上层对边疆的经略和统治策略。类似主题专著亦见欧阳泰（Tonio Andrade）的《福尔摩沙如何变成台湾府？》（*How Taiwan Became Chinese: Dutch, Spanish, and Han Colonization in the Seventeenth Century*），[3]其关注点在历史学上，间涉部分游记文本材料。

除了以上几部著作，旅行写作和佛教研究者彼得·毕肖普（Peter Bishop）《香格里拉神话：西藏、游记和西方对圣地的创造》（*The Myth of*

---

[1] Miriam Gross, "Flights of Fancy from a Sedan Chair: Marketing Tourism in Republican China, 1927-1937," *Twentieth-Century China*, 2001, 36 (2): 119-147.

[2] Emma Jinhua Teng. *Taiwan's Imagined Geography: Chinese Colonial Travel Writing and Pictures, 1683-1895*. Cambridge, MA: Harvard University Asia Center, 2014. （中译本见邓津华著，杨雅婷译：《台湾的想象地理：中国殖民旅游书写与图像，1683—1895》，台北：台湾大学出版社，2018年。）

[3] Tonio Adam Andrade. *How Taiwan became Chinese: Dutch, Spanish, and Han Colonization in the Seventeenth Century*. New York: Columbia University Press, 2006. （中译本见欧阳泰著，郑维中译：《福尔摩沙如何变成台湾府？》，台北：远流出版社，2007年。）

Shangri-la: Tibet, Travel Writing and the Western Creation of Sacred Landscape）①
虽不属于汉学的研究范畴，但是针对外国人在华旅行经历的研究可谓是开山
之作，也非常值得一提。西方旅行者对西藏的建构正符合了他们对全球的想
象。正如沈卫荣所评论："Bishop先生的这部著作对读者了解西方人构建的
有关雪域的神话，以及这个神话在形成西方对于东方之理解或者成见的过程
中所扮演的角色具有无可替代的作用。"②

五、现状与趋势：中国旅行书写的未来

除了以上提及的著作之外，在文学地理学研究领域也出现探讨旅行写作
的著作。美国维斯大学东亚学院副教授王敖《中唐时期的空间想象：地理
学、制图学与文学》③（以下简称《中唐时期的空间想象》）研究"空间如
何透过中唐文人们的思想滤镜，变形成为映射在文学接受面上的影响"。换
句话说，中唐文人通过文本"视觉想象"，创造性地建构起唐帝国的疆域版
图，成功实现了文学与地理学的双向互动。中唐南方旅行写作不光描述视觉
观感上的景象，同时也对地方的声音听觉、气温感知等进行了文字呈现。这
种调动感官的方式也成了中唐旅行写作的独特范式。这种写作模式为我们打
开了中唐文人认识世界的视窗。

---

① Peter Bishop. *The Myth of Shangri-la: Tibet, Travel Writing and the Western Creation of Sacred Landscape*. Berkeley and Los Angeles, CA: University of California Press, 1989.

② 沈卫荣：《想象西藏：跨文化视野中的和尚、活佛、喇嘛和密教》，北京：北京师范大学出版社，2015年，第3页。

③ Ao Wang. *Spatial Imaginaries in Mid-Tang China: Geography, Cartography, and Literature*. Amherst, MA: Cambria Press, 2018.（中译本见［美］王敖著，王治田译：《中唐时期的空间想象：地理学、制图学与文学》，南京：长江文艺出版社，2021年，第3页。）

　　另外，女性研究领域也有诸多探讨女性旅行写作的篇章或者论文。由于传统中国的性别规范与家族角色决定，女性大多没有机会离开闺房或居所。而诸如女性旅行写作由于知识水平的限制则更少之又少。海外女性研究领域的汉学家在研究女性的家族旅行、结社旅行、个体旅行等行为活动之后，指出女性在挑战固有的性别角色、表达自我声音、建构个人与群体形象等方面均作出了巨大的努力。比如加拿大麦吉尔大学教授方秀洁（Grace S. Fong）在《卿本著者：明清女性的性别身份、能动主体与文学书写》（*Herself an Author: Gender, Agency, and Writing in Late Imperial China*）一书的第三章"著写行旅：舟车途陌中的女子"（Authoring Journey: Women on the Road）中指出，①女性旅行写作通过日常记录，表达女性声音，建构女性角色，承担女性责任，充分表现了她们的主观性、主体性与能动性。另外，收录于《移动中的性别：明清与现代中国的劳动分工与文化变革》（*Gender in Motion: Divisions of Labor and Cultural Change in Late Imperial and Modern China*）一书中由美国加州大学大卫斯分校荣休教授曼素恩（Susan Mann）撰写的《明清妇女的载德之旅》（*The Virtue of Travel for Women in the Late Empire*）一文指出，②明清文人已经逐渐意识到女性禁锢对于对世界的认知和写作有百害无一利。自明代商业革命起，精英女性离家出行风潮渐盛。不管是结社出游，或是宗教朝拜，或是随夫迁官，或是归宁访亲，女性声音凸显。而以清代闺秀张纨

---

①Grace S. Fong. *Herself an Author: Gender, Agency, and Writing in Late Imperial China*. Honolulu: University of Hawaii Press, 2008, pp.85–120.（中译本见［加］方秀洁著，周睿、陈昉昊译：《卿本著者：明清女性的性别身份、能动主体与文学书写》，南京：江苏人民出版社，2024年，第105页至第149页。）

②Susan Mann, "The Virtue of Travel for Women in the Late Empire," in Bryna Goodman and Wendy Larson, eds. *Gender in Motion: Divisions of Labor and Cultural Change in Late Imperial and Modern China*. Lanham, MD: Rowman and Littlefield, pp.55–74.（中译本见［美］曼素恩：《明清妇女的载德之旅》，收入卢苇菁、李国彤、王燕、吴玉廉编：《兰闺史踪：曼素恩明清与近代性别家庭研究》，上海：复旦大学出版社，2021年，第225页至第242页。）

英为例，曼素恩提出，女性旅行写作在证明女性美德与形塑女性身份过程中扮演了重要作用。

纵观海外汉学中国旅行研究的几大方向，我们可以管窥近来研究的几大趋势：

第一，在文本互文性方面，诸多研究者都提到了历史引用、文献裁剪、跨代竞争、经典传承等涉及文学再现、文本经典化、文人身份、文化政治等面向，比如石听泉、何瞻、田晓菲、商伟、邓津华等学者的论述，均从不同角度涉及文学经典的传承、文学套语的化用以及由此产生的文化政治与文学创作和传播环境的变化与衍生。在这些欧美汉学学者的讨论中，我们不光理解中国古代文化环境的变化、文人身份的演变，也理解在不断历史演进过程中，文学与景观、文人之间、作者与读者这些复杂和多变的关系。

第二，物质景观与旅行文本之间的互存关系。作家在追求文名之不朽（literary mortality）付出不懈努力，诸多史迹成为文学文化的"圣坛"，而众多写作也仰赖名胜成为经典。在作品背后，我们看到文化机制运行、文化场域的建构、文化世界的塑形。作为物质的名胜古迹与作为非物质的文学文本互相之间的关系，也值得深入研究。另外，旅行胜地的塑造有一种渐进性的"历史叠加"（historical layering）过程。通过不同时代的旅行文本，我们可以理解不同景点的建构性过程。我们必须认识到这一过程的复杂性以及背后的运行机制，而不能简单地把关于景点的旅行写作认为是景点的经典化、名胜化过程。

第三，众多研究者反对将旅行写作作家标签化、刻板化与脸谱化的处理方式，强调旅行作家通过旅行写作在找寻客观性与主观性、历史与个人、自我与公共等要素之间的平衡。何瞻提纲挈领式的中国古代旅行文学简论中即强调旅行作家创作的多样性，挑战固有的对于探险地理作家徐霞客的刻板印象。①此后，汪居廉与洪安瑞也追寻此路径，告诫大众需要重估徐霞客的旅行写作遗产，打破固有认知框架，重识徐霞客的旅行家形象，提出其创作的多面性和多元性。而进入现代，旅行写作者对于上述提及的要素之间的平衡更为关注，旅行产业从业者、旅行杂志出版商与编辑、旅行写作者逐渐开始关注现代/世界主义者身份的塑造、国家想象、地理建构等与民族—国家建设息息相关的内容。

此外，欧美汉学界关于中国旅行书写的研究固然受到后殖民、启蒙、跨语际、风景理论等源于西方知识理论架构的影响，但同时也必然受到华语地区学术研究的反刍。譬如在田晓菲的《神游》中，对于以下事实只字未提：《神游》的初稿是以中文版《失乐园和复乐园——法显的天竺之行与最早中古时代天堂/地狱的文化叙事结构》在"中研院"和哈佛大学合办会议上发表的会议论文，最后也刊登在台湾"中研院"文哲所出版的《游关——作为身体技艺的中古文学与宗教》(2013)。商伟的《题写名胜》是在学术讲座的基础上整理写作而成，原本就是面对华语读者。另外，也许由于出版时间较早和华语地区学术文献当年在欧美地区较难获得，何瞻的著作尽管吸收了不少华语学术成果，但也未见详细征引。对于华语地区学术成果的普遍、有意或无意地忽视，似乎又加固了西方学术霸权的堡垒。

综上所述，海外汉学对于中国旅行书写研究日趋多样全面，然而依然还有许多问题留待我们进一步探索。首先，目前海外汉学中国旅行书写与文化研究诸多研究触及了主体性与客观性之间的错综复杂关系问题。旅行文学无论讨论何种问题，在突出或者平衡主体性与客观性方面，不同作家的处理方法显然不同。然而当我们对旅行写作进行简单的二分法操作的时候，是否落入了本质主义的陷阱？其次，在国族主义、民族—国家框架下的中国国内旅

---

① 见［美］何瞻著，冯乃希译：《玉山丹池：中国传统游记文学》，上海：上海人民出版社，2021年，第209页至第226页。

行研究是否已经成为旅行研究的陈词滥调？中国国内旅行研究除了自我情感的投射或者民族主义的激发，是否还有其他研究路径可循？摆荡在个人情感纾解、景象照射与国家—民族建构之间的旅行写作是否还有其他解读的可能？另外，除了作为名胜的黄鹤楼、黄山和作为旅行家的徐霞客，如何勾勒普通风景与地景的发现与建构？如何从地方性的角度来认识风景在地方身份认同中的作用？如何找寻日常旅行生活与普通人旅行记录？如何认识不同旅行类型写作，包括职务调动、求学问道、宗教朝觐、战乱迁徙、灾荒逃难、外交礼访等，在个体与国家，表情达意与克己专理之间达到（或者放弃）某种平衡？这些问题都有待学界进一步推动与深入。

以城市文化与女性旅行为中心：
作为能动主体的明清女性的知识生产与身份建构

基于"五四运动"偶像破坏主义（iconoclasm）与清末民初的五四妇女解放史观，以往中国学界对于女性生活与生存形象以传统制度的"受害者"来盖棺论定。当回到历史现场，以不破不立为出发点，明确帝制时期的女性受压迫地位很大程度上可以迎来改革和革命的曙光。然而，高彦颐在《闺塾师：明末清初江南的才女文化》（以下简称《闺塾师》）一书中指出，帝制时期的女性并不只是受害者，并不仅仅以挣扎者的形象生存困囿于她们生活的时代浪潮之中。尽管她们受到社会所规定的"社会性别"（gender）对她们的角色、行为、活动等的限制，明清时期的部分女性争得一席之地，依然在由男性主导的社会中获得了弹性生存空间。传统帝制时期的女性在她们生活的时代是否总是传统科律与制度教条的受害者？如何还原明清知识女性的日常生活图景？明清女性如何通过写作与社交缔结共同体？

一、能动女性主体如何"发声"？

本文试图跳脱以往对于学术著作作总结和评价的传统路径与方式，从高彦颐具有典范意义的研究明清女性创作与生活的学术著作《闺塾师》出发，来讨论其对后世研究明清，甚至中国古代女性文学与文化充当了何种先锋与引领角色。全书分为七章，涵盖的内容非常广泛与驳杂，包括文学生产、出版印刷、政治体系、情感关系、子女教养、宗族制度、娱乐产业、城市风俗等，此书在妇女史、家庭史、书籍史、阅读史、印刷史等角度，皆提供了具有开创性与启迪性意义的研究路径与范式。《闺塾师》英文原版初版于1995年，2025年恰逢此书出版三十周年纪念，其学术价值与历史地位早已历经时代淘洗而永固。通读全书可以发现，高彦颐并不在于美化明清时期女性生存情景以及历朝历代桎梏于她们之身的儒家科律、父权机制与宗/乡族传统，也不试图证明这些女性如何正面挑战禁忌、跨越藩篱，而在于提供明清女性，特别是精英智识阶层的日常生活境遇与精神世界的切片式展现。如果全面依附、绝对屈就、无条件依从是大众对于中国古代女性的生存群像的统一标签性特征和刻板印象的话，那么明清女性写作研究者所提供的各类鲜活案例证明前现代女性，特别是知识女性的社会生活多样多姿、多元多声、多音多义，远非今人所能想象。值得强调的是，在引言部分，作者即提出两个问题："儒家的社会性别体系为何在如此长的时间内运转得这样灵活顺畅？妇女们从这一体系中获得过什么好处？"①明清女性在无法动摇根深蒂固的传统体制与社会运行机制的前提之下，从形式上和意义上通过出版写作、教书育人、家事乡事、开拓甚至创造了属于自己的生存与创作空间。换句话说，在承认父系社会、儒家教条、地方宗法、传统观念存在的前提下，新世纪以来的中外女性文学史和文化史研究者，已经并且还在不断地找寻与还原明清女性的"声音"。

对于此书的诸多诸如样本材料集中于上层精英阶层、叙事声音的有可能掩饰与掩盖、对于缠足等控制女性身体的风俗的过度美化、过于强调女性在

---

① [美] 高彦颐著，李志生译：《闺塾师：明末清初江南的才女文化》，南京：江苏人民出版社，2022年，第8页。

性别意义上的能动性等批评，① 既往学者已经一针见血、条分缕析地点明，本文不再重申海内外学界对此书学术价值的褒奖与指摘，而尝试从该著作所涉及的吉光片羽式的思路中具体生发两点：城市文化与女性旅行。城市文化与女性旅行从表面上看似毫无关联，实则有千丝万缕的勾连。正因为明清城市文化与市民文化的丰富多彩与精彩繁盛，女性通过身体移动感知城市的风景、声音与气味，缔结跨越阶层、身份、年龄等界限的女性社群与共同体。正因为女性不断跨越物理与理念空间的限制，明清城市文化，特别是以知识生产为基础的女性文化和以印刷消费为基础的商业文化才越来越丰富多彩，也成为中国近现代城市生活中不可或缺的一部分。明清城市文化的日渐繁盛以及她们不断积累的文化资本、社会资本甚至政治资本，上层知识女性才能在创作实践和日常生活中有机会实现身体与思想"流动""流转"，不断通过行旅、宦游、卧游、社交游历等方式，在一定程度上展示其"能动性"与"自主性"。由此可见，明清女性凭借其知识才能、生存哲学、处事才干、细腻情感，努力处理个人与家庭、自我与他者、个体与群体之间的关系。

二、"超城市文化"：印刷文化和女性阅读与批评的勃兴

艾伦·C.特雷（Alan C. Turley）指出，城市文化至少包含两个维度：第一，城市文化反映城市如何影响市民、商业、社会组织、空间构型以及艺术生产；第二，城市文化也反映出上述提及的这些参与者/受影响者对城市本身

---

① 具有代表性的批判性书评，见夏爱军：《试评〈闺塾师——明末清初江南的才女文化〉》，《妇女研究论丛》，2005年第6期；王雪萍：《〈闺塾师〉与中国妇女史研究的方法论》，《妇女研究论丛》，2006年第6期。

施加了何种影响。① 换句话说，城市与市民之间呈现出一种双向互动的关系。阡陌交通便利的城市因为有了源源不断的人口流入和交流而不断发展，五方杂处的城市也为八方来客、在地居民提供了孕育城市文化发展的温床。明清城市面积增长与人口的扩大，提供了滋养城市文化发展的丰沛土壤与环境。韩大成指出，明代城市文化，包括出版印刷、戏剧表演、书画生产等的繁荣与城市发展密切相关。② 由此看来，彼时女性也正是在这样的环境中成长与生活。正如高彦颐所说，新兴的超城市文化（trans-urban culture）是一种多样的和包容的文化，向所有能承受得起它的人开放。这一文化并不想与根深蒂固的士大夫文化抗衡，因为它还没有独立的哲学或规范基础。它与文人学士文化共存，因为它属于另一不同的领地，较之哲学或统治的终极关怀，它更多关注的是瞬间和世俗的愉悦。③ 简而言之，新兴的"超城市文化"更具有吸纳不同阶层、不同性别、不同地域、不同年龄的人的包容力与吸收力。这种所谓的"超城市文化"在中国各地多样发展。各色人等都能在城市中享受新兴城市文化所带来的精神愉悦和心灵战栗。换句话说，这种对于世俗愉悦感的追求很大程度上也是明清消费社会的表征。在这一前提下，研究明清城市文化具有了某种程度上的现代意义。明清城市文化包罗万象，明清城市印刷文化的勃兴，城市女性阅读与批评文化的兴盛，可以说是明清时期城市文化发展的两个重要方面。以下就这两方面来进一步展开讨论。

明清官刻、坊刻、家刻等不同的印刷作坊与产业业态的出现，不仅是商业赢利目标的推动，更是知识体系化与规模化生产的结果。文化娱乐产业的勃兴、市民文化的兴起、商品社会的建构，提供妇女写作生产的土壤。作为

---

① Alan C. Turley. *Urban Culture: Exploring Cities and Cultures.* New York: Taylor & Francis, 2005, p.1.

② 韩大成：《明代城市研究》，北京：中华书局，2009年，第471页至第483页。

③［美］高彦颐著，李志生译：《闺塾师：明末清初江南的才女文化》，南京：江苏人民出版社，2022年，第63页。

知识来源的书籍的流通性加强、知识生产与复制的节奏加快——促成了新的读者群的诞生与壮大，其中一部分就是女性读者。另一方面，作为媒介的纸质印刷产品的大量生产与出现，为全国各地的陌生人建构亲密关系网络提供了一种可能："通过远方之人的加入，阅读和写作创造出了新型的社会现实。"①城市阅读文化、读者大众文化的建立、书籍的南北地理流通、知识信息传播速度加快、上层文化与大众文化的交融共通，这些都成为明清时期城市文化的特色表征。从另一个角度来看，知识交流系统和流通网络的建构也为女性阅读群体提供了认识世界的方式与方法。她们不光可以从言传身教的家族教导中，从夫婿兄长的口传教训中被动获得知识，她们也可以主动阅读家族藏书甚至整合知识出版书籍，吐故纳新，兼收并蓄，并且有时也敢于自创与表达所闻所见，实现我手写我口的目标。

既往研究往往将女性阅读与私密性质的愉悦联系在一起。如此论调在他国语境的研究中也同样屡见不鲜。西方学者关于16至18世纪早期英伦女性的阅读史研究，也常常给出如下盖棺定论：女性的私密阅读往往关乎放松、消遣与个人自清自省。②然而我们可以看到，不管是在西方还是在中国，城市女性阅读往往呈现出更为复杂的一面。第一，她们通过阅读来提高丰富自己的知识水平，符合传统家规的相夫教子的期待与要求：运用阅读所获得的知识来营建与丈夫的伙伴式婚姻关系，教导子嗣研习知识、参与科举考试，考取功名、加官晋爵。第二，她们通过阅读来提升自己，提高自己的学识水平继而构建德才兼备的女性形象，并且将自我之名彰显，跻身于地方志之中，借此获得青史留名："女性才华在地方志中得到了颂扬，并且与道德坚

① [美] 高彦颐著，李志生译：《闺塾师：明末清初江南的才女文化》，南京：江苏人民出版社，2022年，第68页。

② Leah Knight, Micheline White, and Elizabeth Sauer, eds. *Women's Bookscapes in Early Modern Britain: Reading, Ownership, Circulation.* Ann Arbor: University of Michigan Press, 2018, p.3.

定性一起，成了女性名字载入史册的评判标准。"①第三，她们通过阅读书籍文章，通过参与坊刻与家刻的印刷产业和知识生产，知识女性获得了文化资本甚至社会资本，在某种程度上实现了性别平等。女性能有机会在自己的原生家庭和婚姻家庭中掌权与发声，实现其个人价值。第四，她们通过阅读与写作，通过文字的复制与传播，实现了交际网的扩大。"在一个大多数女性不能选择住在哪儿的社会里，文字和文本的传递使区域间女性文化的锻造成为可能。"②第五，女性通过阅读并且参与学术研讨与文本批评活动，不光是一种学术性别平等化的体现，更在某种程度上建立了女性的知识权威，获得了学术权力。高彦颐在书中指出："一个女作家和读者批评群体的出现，是明末清初江南文化的一个显著特征。"③例如，明清江南地区的女性文化圈与社交圈，便是通过文字交友/交游的形式来实现的。印刷产业的发展在很大程度上构建了不一定能说是民族/帝国想象共同体，却在一定程度上构建了性别与知识共同体。

另一方面，男性与女性在明清出版印刷业中的性别关系，甚至是"性别不平等"的事实依然存在，值得关注。需要强调的是，男性在遴选与编撰女性诗文集中扮演了重要的角色。性别化的遴选标准与以男性为中心的编纂规范很大程度上决定哪些女性写作者可以"包括在内"，哪些女性写作者必须"剔除在外"。正如高彦颐所总结的："通过对女性文字的文学价值及其出版

---

①［美］高彦颐著，李志生译：《闺塾师：明末清初江南的才女文化》，南京：江苏人民出版社，2022年，第326页。

②［美］高彦颐著，李志生译：《闺塾师：明末清初江南的才女文化》，南京：江苏人民出版社，2022年，第302页。

③［美］高彦颐著，李志生译：《闺塾师：明末清初江南的才女文化》，南京：江苏人民出版社，2022年，第91页。

正当性的辩论，男性标准的运用从来没有受到过挑战。"① 然而，我们也必须承认的是："男性出版商的推动帮助，为文学女性，特别是诗人，在江南的城市文化中创造了一定的地位。"②

此外，《闺塾师》从情感研究的维度来研究明清女性阅读文化不得不说在21世纪初具有先锋意义。彼时情感研究并未被学术体系化与理论化，但是通过研究《牡丹亭》的阅读文化以及明清戏剧中对于女性情欲流露与表达的表现，高彦颐指出："三妇被《牡丹亭》中崇高的爱情迷住，它也证明了情迷所具有的诱惑力，这是明末清初江南城市文化的特点。"③明清时期出现的大量关于情欲、情感、情绪与戏剧中女性角色的探讨，也是明清时期女性情感世界文本化的记录。明清女性通过阅读与写作来表达个人观点，也正体现了女性的能动性。

近来海外关于古代中国女性印刷出版研究已有诸多著作问世，极大地丰富了对明清印刷产业兴起、发展与繁盛的图景认知。④ 然而关于明清印刷文化与城市文化的关系，依然有许多未解之谜：明清女性写作商业生产模式的运作机制是如何的？作为物质载体的书籍的装帧设计、纸类遴选与作为技术层面的刊刻技术、印刷制作，以及作为市场行为分析的市场运作、营销推广

---

① ［美］高彦颐著，李志生译：《闺塾师：明末清初江南的才女文化》，南京：江苏人民出版社，2022年，第138页。

② ［美］高彦颐著，李志生译：《闺塾师：明末清初江南的才女文化》，南京：江苏人民出版社，2022年，第89页。

③ ［美］高彦颐著，李志生译：《闺塾师：明末清初江南的才女文化》，南京：江苏人民出版社，2022年，第99页。

④ 如孙修暎（Suyoung Son）的《为刻而写：晚期中华帝国的出版与文本权威的制造》（*Writing for Print: Publishing and the Making of Textual Authority in Late Imperial China*, Cambridge, MA: Harvard University Asia Center, 2018），费梅（Megan M. Ferry）的《中国女性作家与现代印刷文化》（*Chinese Women Writers and Modern Print Culture*, Amherst, MA: Cambria Press, 2018）等皆为近来研究中国出版印刷产业发展的重要学术著作。

等，明清女性印刷出版文化是否还有其他路径可以追寻？从物质文化史和社会经济史的角度，如何看待中国明清女性印刷出版产业的发展？诸多富有意义的话题值得进一步展开。

三、女性旅行：挑战性别与地理"边界"的流动

众多西方女性旅行写作研究已经证明，西方女性旅行写作多姿多彩、多样多元。西方女性写作者既采用上层阶层、男性化审美、帝国主义和知识权威的话语，也利用更多诸如关怀他人、家居生活、感性反馈等女性性别话语。①西方女性旅行写作既有对自我处境的自省与体认，也有在跨境过程中对外族与他者的殖民主义视角式的审视。西方女性写作在跨越阳春白雪与下里巴人，在涉猎家族变迁与家国大义上，都展现了主题的灵活性。有学者指出，18 世纪的欧洲旅行写作不应被认为是一种铁板一块的统一/同一"体裁"，而是一系列包含同时性（simultaneity）、文化比较和力透纸背的批判的记录。② 近来，除了对传统意义上的旅行写作文类的研究，也出现了对 19 世纪末欧洲旅行指南、旅行手册（travel guidebooks）的研究。通过对在 1870—1910 年间出版的 367 本旅行指南的研究，贾丝明·普罗托（Jasmine Proteau）指出，女性模糊了旅行者/游客与作者/读者之间的界限，在指南出版实践中全情参与，甚至将旅行指南的创作当作是一种学术志业来看待。③ 然而关于

① Shirley Foster, Sara Mills, eds. *An Anthology of Women's Travel Writings*. Manchester: Manchester University Press, 2002.

② Katrina O'Loughlin. *Women, Writing, and Travel in the Eighteenth Century*. Cambridge, MA: Cambridge University Press, 2020.

③ Jasmine Proteau. *Women and the Travel Guidebook, 1870–c.1910*. St. Catherine's College PhD. Dissertation, 2021.

旅行写作研究的英文著作中国翻译引介得并不多。近来，随着女性主义理论的兴起和兴盛，对女性生活和生命的关注日渐增长。近来出版的《壮游中的女性旅行者》便是一部少有的西方女性旅行研究著作。作者指出，对于十八九世纪的贵族女性来说，出游更多的是情感的疗愈、身心的放松、精神的解压。至于各种政治性的关注与社会历史事件的体悟，女性旅行写作展示了女性的敏锐意识。①

相较于西方学界女性旅行研究的丰硕成果，在中国文学研究领域尚未出现关于前现代或者现代中国女性旅行的系统性理论研究著作。②事实上，中国旅行文学与文化研究似乎从未被纳入学科研究体系之中。这一方面是由于材料的爬梳剔抉之困难与烦琐，另一方面也可能是女性声音记录的缺乏——明清之前书写游记的女性凤毛麟角。然而，海外已有零星学者对女性旅行写作进行了研究。比如，方秀洁（Grace S. Fong）的《卿本著者：明清女性的性别身份、能动主体和文学书写》③中，以17世纪的女作家王慧、明末覆灭之际的邢慈静、明万历年的王凤娴以及晚清李因为例，指出女性旅行写作是怎样打破藩篱，从性别层面来克服地理与生理的限制，书写表达差异化的主体性，赋予自身以权威性。针对女性的跨境旅行经历，魏爱莲（Ellen Wid-

①［意］阿蒂利奥·布里利、［意］西莫内塔·内里著，董能译：《壮游中的女性旅行者》，桂林：广西师范大学出版社，2022年。

②张聪所著的《行万里路：宋代的旅行与文化》（浙江大学出版社2015年版）是为数不多的系统分析宋代旅行文化的著作。（英文版见 Cong Ellen Zhang. *Transformative Journeys: Travel and Culture in Song China*. Honolulu: University of Hawaii Press, 2010。）

③［加］方秀洁著，周睿、陈昉昊译：《卿本著者：明清女性的性别身份、能动主体和文学书写》，南京：江苏人民出版社，2024年，第105页至第149页。（英文版见 Grace S. Fong. *Herself an Author: Gender, Agency, Writing in Late Imperial China*. Honolulu: University of Hawaii Press, 2008, pp.85-120。）

mer）在《晚明以降才女的书写、阅读与旅行》①一书中所提及的晚清民国人单士厘（1863—1945）的《癸卯旅行记》，便是一部很好地反映女性在处理全球和地方关系中所作的尝试。

中国古代女性并不都深锁闺中，不食人间烟火。帝制时期的女性并不总是受制于性别观念的流动性束缚。至少在宋代之前，女性交游与外出活动依然不是一种禁忌。旅行与游历成为一种女性社会交往的方式。诸如节假日出游、亲友结伴出游、独身出游（黄媛介）、随夫宦游（邢慈静、徐灿），甚至宗教朝拜性质的出游等均屡见不鲜，不同类型的旅行经历为女性写作提供了丰富的经验与材料。②明清时期，随着全国流通货币制度的推行，商品经济社会的发展等，从经济制度（货币）和基础设施（交通工具、旅店旅社）方面，为女性旅行和大众旅行提供了极大的便利。正如高彦颐在著作中指出：“女性确是16世纪使中国着迷的旅行热潮的基本参与者。”③这些参与者在历史记录中的缺席不得不说是一个遗憾。还原明清中国女性的旅行图景也许不是容易之事，但是各类记录女性流动性的文本为我们提供了一种认识女性旅行活动的翔实记录。高彦颐对女性旅行的过于乐观的评价，也许是现代人对帝制女性生活的一种美好想象：“女性旅行者成为其他女性的行为楷模与性别榜样。”④不管此种榜样力量在当时社会产生多少影响，或者换句话说女性旅行是否成为当时普世风潮，女性旅行者确实在搅动传统思想与秩序中也

①［美］魏爱莲著，赵颖之译：《晚明以降才女的书写、阅读与旅行》，上海：复旦大学出版社，2016年，第247页至第284页。

②柳素平：《追求与抗争——晚明知识女性的社会交往》，郑州：郑州大学出版社，2016年，第210页至第217页。

③［美］高彦颐著，李志生译：《闺塾师：明末清初江南的才女文化》，南京：江苏人民出版社，2022年，第401页。

④ Shirley Foster, Sara Mills, eds. *An Anthology of Women's Travel Writings*. Manchester: Manchester University Press, 2002, p.3.

扮演了一定的角色。旅行和旅行写作能够成为一种媒介、一个渠道、一种方式来公开调查和质疑不同社会中的性别标准与规则。[①] 女性旅行从一定程度上来说也是对既存的秩序规范的一种挑战。不管是青楼名妓，还是闺阁才媛，明清时期女性出行出游的风潮从未停歇。旅行写作成为一种独特的彰显个性的书写方式："因为它（旅行）还有另一种发现的永无终结的指望。并且作为一种只有旅行者自己能够体会到的经历，它也是其个性的一种表达和实现。"[②] 旅行为这些女性旅行写作者提供了众多创作素材与写作灵感。

首先，需要澄清的是，明清女性旅行并不仅仅是消闲娱乐。"明末清初女性是因三种原因动身上路的。首先，妻、女、儿媳跟随丈夫或父亲的官位迁转。其次，女性为享乐而进行的旅行。职业作家和艺术家过着一种巡游的生活方式。"[③] 对于随夫出行的女性来说，"她们的外出旅行只是其家内职责的一种延伸"。[④] 她们履行妻子与母亲的职责，充当完美的旅伴角色。此外，足不出户的非实体旅行创作——卧游写作，同样也是女性旅行写作的一种类别。女性卧游所创作的诗歌同样是女性共同体缔结的一种表征，卧游也可以算是女性旅行写作的一种形式。比如明代广东府顺德才女刘雪兰（1621—1645）在《清明》一诗中想象自己前往中原凭吊，在《宫人拈笔图》中与京城宫女共情。

其次，女性流动性从某种层面上展现了其社交能力与进入男权社会的禀

---

① Katrina O'Loughlin. *Women, Writing, and Travel in the Eighteenth Century*. Cambridge, MA: Cambridge University Press, 2020, p.13.

② ［美］高彦颐著，李志生译：《闺塾师：明末清初江南的才女文化》，南京：江苏人民出版社，2022年，第403页。

③ ［美］高彦颐著，李志生译：《闺塾师：明末清初江南的才女文化》，南京：江苏人民出版社，2022年，第315页。

④ ［美］高彦颐著，李志生译：《闺塾师：明末清初江南的才女文化》，南京：江苏人民出版社，2022年，第314页。

赋。作为一种社交模式的旅行写作，女性参与公共社会，并且借由其文采、创作能力来展现其个性特质、知识水平与文化品位。女性共同体、社团与社群的缔结也成为明清知识文化图景的重要组成部分。对于明清女性来说，通过旅行不光能够增广见识，更是一种增进姐妹情谊与扩大社交范围的方式。对于精英阶层的女性来说，在同声共气、同气相求、琴瑟和鸣、身心相配、同舟共济的理想化的婚姻与亲密关系状态——伙伴式婚姻（companion marriage）之外，能够寻找到志同道合并且门当户对的女性伙伴，旅行无疑是一种理想方式。除了上层阶层知识女性的旅行往往具有扮演妻子与母亲角色和承担家庭责任的意义之外，而对于像名妓、艺伎来说，她们的旅行与巡游在某种意义上更是挑战刻板规矩以及彰显能动性的身体力行的实践。"缠过的双足并没有妨碍柳如是的身体流动性……在明末江南的名妓生活中，她们经常旅行和旅居，因为建立联系和渗入男性上流关系网的能力是这一行的成功标志。"①诸如跨越不同阶层的明代画家吴山便通过旅居结交朋友，缔结女性共同体。比如，柳如是的扬州名妓挚友王微（约1600—1647）也是吴山众多女性宾客中的一员。由此看来，旅行、巡游、旅居的生活方式，不光能够摆脱传统观念的桎梏，达到一定程度的身心自由；同时也成为催生艺术灵感、营建社交关系网络、建构甚至培养女性的主体性，加入由男性主导的上流关系网络，获得成为名流的声誉的手段之一。

此外，除了对女性写作者和阅读群体的研究，旅行景观与景点研究也成为了解明清旅行文学的一个窗口。正如高彦颐在书中所指："对知识分子和商业精英来说，西湖本身及其岸边的宅第、客栈和饭店，构成了一个有形的

---

① ［美］高彦颐著，李志生译：《闺塾师：明末清初江南的才女文化》，南京：江苏人民出版社，2022年，第391页。

公共空间，它是来自不同地方之人混杂相处的场所。"① 关于风景的制造、景点的历史内涵叠加、历史人物与景点的关系、文学作品与景观制造的关系等，也值得研究者不断关注与探索。明清女性在不同身份角色间游走，她们既可以担任传道授业的闺塾师，又可以扮演执掌家事、相夫教子的贤妻良母角色。她们既可以结社聚会，缔结女性共同体，又可以吟诗作画、唱戏表演，施展其知识储备和艺术才华。她们在家族闺房、声色场所、戏院瓦肆、亭台楼榭、园林寓所、阡陌巷弄中穿行游走，甚至在不同城镇地区间行走往来、旅居生活，除了在空间地理学意义上留下个人足迹以外，也在概念观念上打破了传统的内/外、公/私、男/女、富/穷之间的既定与固有界限。从空间角度来研究女性旅行文学与文化同样具有非常重要的意义。

四、余论：如何"还原"女性声音？

按照高彦颐的说法，女性之间在交游互助和酬唱应和的过程中，不仅获得友谊之类的情绪价值，她们还获得了智力上的满足。纵览明清知识女性日常生活与写作实践所提供的案例，可以解释"为什么明末清初中国绝大多数受过良好教育的女性群体，没有公开向将她们归之于隔绝和从属存在的意识形态发出公开挑战"。② 然而，事实也许并没有如此简单。有时女性通过书写所发出的无声挑战，往往比"公开挑战"更为有力。在目前留存的诸多女性写作文本之中，可以发现，书写文字所留存的真凭实据，并不随着时间的

---

① [美] 高彦颐著，李志生译：《闺塾师：明末清初江南的才女文化》，南京：江苏人民出版社，2022年，第397页。

② [美] 高彦颐著，李志生译：《闺塾师：明末清初江南的才女文化》，南京：江苏人民出版社，2022年，第350页。

消逝、朝代的更迭而湮没不闻。

此外，需要明确的是，关注女性性别意识在女性研究中非常重要，然而我们也不能以偏概全、一叶障目（over-generalization），消弭不同女性之间的差异。①那些有幸能够被"听见"的女性声音，往往已经经过不同形式的"审查""删改"与"节选"。明清女性写作者手持彤管（red brush），或直抒胸臆，或隐晦曲折，或写景状物，或记事录实，不断挑战甚至打破内/外、公/私、男/女等人为的、概念的、体制的界限，她们的声音能够被保存、被流传、被听见、被铭记。不过值得一提的是，一些老生常谈的问题依然会萦绕学术圈：古代女性能否立言？女性能否为自己发声？女性如何为自己、为家庭、为族裔、为阶层发声？这三个问题，值得研究者不断探索与发现，让更多的女性声音浮出历史地表。然而，我们也需要注意的是，女性多大程度上实现了能动性？上层女性的生活方式得以管中窥豹，下层女性的生存状态是否隐而不闻？

尽管明清女性研究已经有大量具有标杆意义的学术成果出现，但是这并不代表对明清女性的研究可以就此停止。在众多地方志、墓志铭、家谱、日记、口述记录等尚未被关注的材料中，中国女性的生存策略、生活技巧与生命哲学，还有待研究者坚持不懈地去努力发掘与潜心探索。

---

① Kristi Siegel, ed. *Gender, Genre, and Identity in Women's Travel Writing*. New York: Peter Lang, 2004, p.2.

他山之石：

海外汉学中国现代文学与文化研究

近作述评

想象群众的方法
——评《革命之涛：现代中国的群众话语》①

肖铁教授《革命之涛：现代中国的群众话语》(*Revolutionary Waves: The Crowd in Modern China*)（以下简称《革命之涛》）是一本追溯与重构"群众"这一概念从晚清民国不断演进与发展的概念史、文化史与思想史的知识谱系学研究著作。《革命之涛》跨越心理学、历史学、文学等多学科领域，探讨了不同领域知识分子（作家、哲学家、心理学家、政治理论家）在小说、诗歌、哲学，以及心理学著作中对于"群众"概念的认知、解读与再现。学科从业者作为概念译介、转运与重新组装生产者、作家作为社会现象的创作再现者，革命家作为将理论联系实践的行动者，均提供了不同版本"调查"与"理解"群众的路径。如今我们对于政治化的"群众"概念并不陌生。在填写个人履历中政治面貌一栏可以填写"群众"作为定义自己政治身份归属的标志。而在"群众路线""群众话语""从群众中来，到群众中去""不拿群众的一针一线"这些耳熟能详的革命政治口号作为革命以及后革命年代流通话语深入人心之前，"群众"这一概念在晚清民初之际成为心理学研究的对象、文学写作的关注主体、革命理论家的认知目标、社会热议

① 本文最初撰写于2020年，彼时此书简体中译本尚未问世。为保留文章原貌，书名与各章节标题均沿用笔者本人当时翻译。2024年此书中译本由上海人民出版社出版，书名译为"群众：现代中国知识分子的书写与想象"(肖铁著译：《群众：现代中国知识分子的书写与想象》，上海：上海人民出版社，2024年)。

的核心问题等。虽然作者试图摆脱概念的两极化，但是往往在分析过程中必须触及多个对立概念：感性与理性、正常与病态、英雄与凡人、个人与集体、自我与他者、小爱之私人感情与大爱之爱国热忱等。然而，这并不代表作者拘泥于对立概念的纠结；相反，作者论证了"群众"这一概念在历史光谱不同阶段的复杂性。该书讨论了几个非常重要的问题：如何处理个人与群众的关系？怎样在保有个人性的前提下融入集体但是不被集体所消解？知识分子在为群众代言的过程中扮演了怎样的角色？对于作者来说，该书讨论的是知识分子是如何"在既保持一定距离又尝试建立关系的前提下，把群众作为知识的对象并且通过接近他们作为渴望的对象"。

在西方学界许多研究现代中国的学者早已开始在概念史的角度研究现代中国文化与文学。诸如关于爱与情感理论谱系①、进化论思想在现代中国的演进②、笑与幽默文化③等。与上述研究者相类似，本书作者从"群众"这一概念出发，分析了不同知识分子在群众认知上的两极化差异：有的时候对群众内部迸发力量的过分期待甚至极度自信，但是有的时候也对群众的非理性所造成的对于社会秩序的破坏能力持担忧态度。群众可能成为既想并且需要联合，又害怕联合的对象。他们富含的潜在变革能量如易燃能源一般随时可能以及可以被点燃，而这一易燃本质又成为一种造成社会失序与道德失范的危险与不安的源头。

---

① Haiyan Lee. *Revolution of the Heart: A Genealogy of Love in China, 1900–1950*. Stanford: Stanford University Press, 2006. （中译本见［美］李海燕著，修佳明译：《心灵革命：现代中国的爱情谱系》，北京：北京大学出版社，2018年。）

② Andrew Jones. *Developmental Fairy Tales: Evolutionary Thinking and Modern Chinese Culture.* Cambridge, MA: Harvard University Press, 2011.

③ Christopher Rea. *The Age of Irreverence: A New History of Laughter in China.* Berkeley and Los Angeles: University of California Press, 2015. （中译本见［加］雷勤风著，许晖林译：《大不敬的年代：近代中国新笑史》，台北：麦田出版公司，2018年；［加］雷勤风著，许晖林译：《大不敬的年代：近代中国新笑史》，北京：北京大学出版社，2023年。）

第一章"心理学化'群众'概念的政治"，作者提出了群众概念在中国的形成和发展可以作为全球知识在东亚流转的例证。通过讨论"群众心理学"在民国时期的翻译、流通与体制化，作者试图解释心理学的学科建制在现代中国的发展以及随之而来的对于大众政治的关注。研究群众思维与心理的学潮自20世纪初开始，一直贯穿至20世纪40年代。中国群众理论家绝大多数并不关心群众的构成，他们关心的是群众的动机和行为。就作者看来，民国心理学家通过"心理学化群众"来探讨个人的构成、政治社群的形成以及激进改变的可能性。1919年"五四运动"之前，早期民国心理学家通过介绍勒庞的群众心理学理论，强调个体融入群众的过程中产生一个共同的集体身份。而"五四"之后，知识分子对群众产生了两极化的认知。陈独秀（1879—1942）认为，"五四运动"从根本上来说是一场无理性的运动。瞿秋白也持有类似的看法，认为个体的理性被狂热的群众心理所取代并且迷失方向。至于张铸和傅斯年（1896—1950），同样也将社会与群众两个概念区分开来。就他们看来，只有把非理性的群众转化成为理性的社会，20世纪的变革和革命才有可能获得胜利。而鲁迅也在小说作品中常常批判群众的混沌与愚昧，沉默的大多数、看客，以及"铁屋子"的比喻都显示了鲁迅对现代中国群众群体的失望。而"五四"之后，随着心理学建制完备成为学术学科，许多学者，比如高觉敷（1896—1993），便开始讨论群众的"集体精神状态"。就高觉敷看来，每个个体在群体中均独立但互相影响，并不由一个"群众思维"所主导。通过引入心理病理学的分析，高觉敷解释了应该如何理解革命个体的行为并且对左翼激进运动保持一种精英主义的蔑视。值得一提的是，高觉敷的理论材料并不来源于他的个人经验或者田野调查，而纯粹是从他人撰写的关于世界其他地区的群众行为来分析。另外，张九如（1895—1979）也通过研究证明，规训群众是必要的并且群众必须有领导人来理性化行为。心理学界的学者对于群众大多不太相信，他们急切呼唤通过

理性引导与理智教导来领导群众。

第二章"非理性的诱惑"以学界较少关注的无政府虚无主义哲学家朱谦之（1899—1972）作为个案。与第一章所探讨的众多民国早期心理学家贬抑个人，突出个人的非理性的缺陷不同的是，朱谦之重新定义了非理性与本能，强调冲动感情和极端情感的勃发可以作为革命的原动力与基础。朱谦之的理论，强调了个人角色的自主性、无意识性以及在政治运动中的情感反应。自从弗洛伊德、拉康等心理分析学者的著作被介绍到中国之后，大众对心理分析、研究、治疗等存在持之以恒的热衷。而对本土的心理学家和心理学学者似乎并不关注。该书作者试图从史料还原的角度来分析，中国本土心理学者是如何通过转译国外心理学科研成就并且对"群众"这个概念从心理学的角度来学理化。作为被学界忽视的心理学家，朱谦之完全抛弃了个人/自我与群众分离的左翼知识分子式的精英主义立场。朱谦之的革命哲学被划入到无政府主义、虚无主义的范畴，专注于个人内心之情感，从个体原初出发理解个人行为。他甚至认为认知与自愿行为来自情感本能机制。他用非理性角度修正了勒庞的群众理论。他以浪漫化与理想化群众视角，将群众作为革命主体，并且坚信群众可以通过自我认知、自主形成革命意识。

第三章"形成的虚构"涉及的20世纪20—30年代几部小说同样反映了个人在与群众相遇过程中，个人性与集体性的边界是如何被消解的。许多作家都在作品中表达了对于个人性丧失的担忧。从叶绍钧、茅盾、杨沫到穆时英，该书作者分析了左翼作家、社会主义写实主义作家和现代主义作家在虚构小说中是如何构建个人与群众/他者之间的关系的。对于左翼作家来说，个人主义的危机潜藏在将个人消解为集体事务之中。在叶绍钧的《倪焕之》中，主人公倪焕之虽然渴望融入群众，但是也发现以自我消解的方式去加入群众成为一项不可能的任务。而茅盾的《虹》则从身体的角度，强调个人身体经验加入群体的体验。然而不管是叶绍钧还是茅盾，都将个体在公共空间加入群体的过程以政治戏剧的方式呈现。这种以戏剧化景观的方式来展示个人与群众的关系成为左翼作家的特色之一。对于左翼作家来说，个人加入集体的过程是政治激情和个人欲望融合的过程。至于"新感觉派圣手"穆时英（1912—1940）创作的短篇小说 *Pierrot*（1934），触及了现代都市人在处理个人与群众关系上的失败与疑惑。

第四章"孤独的问题"，从早期现代主义转变为左翼革命作家的胡也频（1903—1931）创作的小说出发，通过他早期的情爱小说与之后发表的革命小说做对比，探讨个人欲望的势能如何转化成为参与政治运动的激情，甚至是联合他人共同开展变革甚至革命的动力。就该书作者看来，现代中国知识分子对集体的认同，并不在于个人性的消解或者规训，也不在于从政治紧迫性、意识灌输以及历史需求出发。该书作者讨论的是在集体意识心态的框架下，个人的内部性（individual interiorities）的生成机制。革命加情爱的小说结构模式在民国时期并不鲜见。也早有学者指出革命加恋爱的小说模式在个人与事业之间达到了一种相对平衡。[1]而作者提出，胡也频的短篇小说《僵骸》（1927）则表达了他的早期写作中展现的自我危机：对于真正自我的追寻的失败导致了自我的最终毁灭。然而，胡也频后期创作的小说《光明在我们的前面》（1930）从亲密性的角度出发，调和了个人与群众之间的关系。胡也频对于个人与群众的关系认知根本上是个人与自我的认知。胡也频的写作生涯证明了，从自我变态梳理到大众兴起的过程正好与个人主体建构的过程是相契合的。革命群众的形成，与个人对于自己的认知与评判是离不开的。

---

[1] Jianmei Liu. *Revolution Plus Love: Literary History, Women's Bodies, and Thematic Repetition in Twentieth-Century Chinese Fiction*. Honululu: University of Hawaii Press, 2003.（中译本见［美］刘剑梅著，郭冰茹译：《革命与情爱：二十世纪中国小说史中的女性身体与主题重述》，上海：上海三联书店，2009年；刘剑梅著，郭冰茹译：《革命与情爱：二十世纪中国小说史中的女性身体与主题重述》，台北：酿出版，2014年。）

第五章"声音的激流"讨论关于现代作家对于群众的声音美学的想象，这可以作为目前学术热点——声音研究的先导。声音作为一种异质于视觉的感官来源，其本身的技术性本质（音调、音频、音量、声音情感、性别化声音等）与仰赖的技术载体（录音机、广播、半导体、扩音器等）均成为声音研究领域关注焦点。了解声音政治和声音技术的政治可以帮助我们更好地理解"声音"这一媒介在日常生活中的角色和作用。本章探讨了现代中国叙事美学中对于声音的迷恋，同时挑战了固有现代作家无法如实再现叙事对象的观点。在现代中国作家的写作中存在这样一个悖论：如何在噤声作者（作者角色隐退）的前提下让群众发声。作家如何通过主观上的建构、翻译，在不把自我意识强加在群众上的前提下，让沉默的群众声音不光被听见，也能够让大家听懂。左翼作家郭沫若对于留声机的迷恋，强调群众声音可以像留声机一样通过写作记录与存储。对于郭沫若来说，留声机与喇叭和扩音机对于声音的放大而制造语言奇观不同，留声机可以作为一个客观介质抓取以及变换音频数据。郭沫若认为，作家就应该承担这样的中介功能。而诗人任钧（1909—2003）同样在作品中认为，其第一人称的作者声音实际上是人民声音的听觉效果。对于郭沫若和任钧来说，知识分子充当的是倾听者与中间人的角色。而对于艾青来说，群众声音可以"篡夺"作者自我声音。强大的大众声音通过"占领"诗人之口来表达。因此，艾青的诗歌是集体的"攻城略池"的产物，是个人失去对自我的控制的时代到来的信号。

第六章"尾声"以前述知识分子在新中国成立后的种种转变作为结尾。叶绍钧在创作《倪焕之》的时候，认为政治介入群众是一种污染，担忧群众情感的不稳定性的观点。这种观点在1949年之后显得完全不合时宜。而朱谦之也抛弃了他的无政府主义思想，为当年贬视马克思与恩格斯思想而感到后悔。该书作者最终总结：在上述各个章节中提到的是，知识分子渴望不同的个体能够结合，成为围绕在一个领导人身边的一个思想主体。

作为一个游荡在各个章节中的重要理论对象，该书作者不断促使各个研究案例与《乌合之众：大众心理研究》（1895）的作者，法国社会心理学家古斯塔夫·勒庞（Gustave Le Bon，1841—1931），群众心理学理论最成功的普及者相对话，讨论中国知识分子对勒庞的全盘或者有条件接受、改良甚至反叛，进而超越影响研究框架的比较讨论。然而该书中不是所有的研究对象都能与勒庞产生对话。而作者有意识地选取部分与勒庞对话造成了一定程度上的重复。勒庞由于心理学界的"幽灵"不断出现在各个章节的讨论之中。在这里我们需要提出一个问题：为什么在对有的知识分子关于群众概念的分析中，需要引入勒庞对话（不管这位知识分子是否受到勒庞的实质性影响），而有的作家可以完全不把勒庞拿来背书，或者换句话说，避而不谈？

当然由于篇幅的原因，以及在卷帙浩繁的材料中遴选出具有代表性的观点并且能够互相关联成章，确实具有一定的困难，以下几点在《革命之涛》中涉及甚少而没有开展更多讨论。

第一，当我们在讨论群众（the crowd）、大众（the mass）、人民（the people）、国民（citizen）、阶级（class）这些看似相关却蕴含不同政治、历史、经济、文化因素的词语的时候，我们确实需要小心谨慎地分析。而在该书讨论"群众"概念在现代中国被不断阐发与理解中，以上诸多概念常常有的时候点到为止或者合并在一起探讨。有的时候这些概念成为可互换（interchangeable）的概念并且常常取互相之间的最大公约数。如果该书开篇能够对这些概念作一大致的厘清，可能会让读者们在阅读过程中对术语概念有更清楚的分界感。群众概念从晚清到民国再到社会主义中国时期的不断演进与流变，是否是一种政治化调用"群众"作为一个概念、一个区分类别、一种认识世界方法的过程？比如，阶级与群众的区别。虽然"阶级""阶层"等概念可能需要有更多篇幅去界定。但是群众与以上这些政治定义与类别划分有什么关系？比如，当民国知识分子在讨论"群众"这一概念的时候，阶级与阶层的定义已经进入中国。在关于阶级局限以及关于创作谈中，鲁迅曾经与后来成长为左翼作家的艾芜有过一段非常有意思的笔谈书信。鉴于鲁迅常常提点与推介青年作家，在上海合租的四川老乡沙汀和艾芜联名写了一封求教信。信中表达了一些创作思考的疑惑。两名急于进入上海文坛的文学青年，一直在为自己的阶级身份而感到困扰。他们一方面认为自己出身背景的原因无法深入了解底层阶级的生活并产生共情，另一方面也不想追逐当时的写作风潮，书写激进主义作品来迎合时代趣味与热点。而鲁迅的回答直截了当：写你所见所闻所经历，而不要去纠结是否要摆脱自己的阶级局限或者单纯为了追逐文学思潮与创作热点去写自己并不擅长的内容。而后来成功成为小说家的艾芜的成名作《南行记》，确实描述的是他在西南边境流浪与底层人物的交往经历。他也最终成为左翼作家的典范。以艾芜为例，他的写作路径成功突破了他的"阶级局限"。而许多现代作家，在描写群众以及群众生活的时候，有的显然囿于阶级局限，而有的可能不经意绕过了障碍。

第二，我们知道严复早在1897年就翻译了斯宾塞的《社会学研究》，取名为《群学肄言》。社会学被界定为群学（而该书恰好提到了张铸和傅斯年区分定义了"群众"与"社会"两大概念）。对于群众的学理性探讨和译介是否可以更早地推至晚清？如何理解社会学意义上的"群众"和心理学意义上的"群众"之间的异同？当然，如果要厘清"群众"这一概念在不同学科中的挪用甚至误用，一本书的篇幅肯定无法容纳。不过在社会科学领域，社会学与心理学领域对于"群众"概念理解的不同，可以帮助我们更好地理解"群众"概念在中国的理论演进。

第三，如何界定古代关于群众的思想对晚清民国知识分子的影响？如何考量中国古代"群"的概念的历史基础与理论遗产？当西方思想理论通过译介和二次转手进入中国思想界的时候，在新旧交替之际曾经接受旧式教育并且对古籍典范熟谙的晚清民国知识分子，是怎样调和国故并且与新/西知的冲突与矛盾之处，同时找寻中西概念的相交点？或者他们有的从来没有意识到中西之间的交汇点与对话时刻？正如作者在第二章指出，朱谦之借鉴与接受了王阳明与谭嗣同的思想遗产。不过就整部著作的篇幅而言，对于中国历史理论资源的讨论远远少于对于西方理论的译介、接受、消化与转化。作者提到朱的理论创新与发展应该被纳入"全球范围内对于实证主义与理性主义的反叛之中"，这就可能很好解释了，为什么作者侧重于朱谦之对于西方理论的消化和接受以及与他同时代的西方学者产生了相似的共鸣与共振。可以肯定的是，晚清至民国的知识分子对于西方理论的创造性阐释不光有翻译现代性，也与中国古典思想理论相连接，生发出新的、被现代中国人所接受，并且更易理解的知识体系。

第四，个人与群众产生了一种奇妙的张力关系。个人是否是成为群众前的原初模式，也就是说个人与群众是否有一种形态定型关系。我们是否应斥责群众激情的无序、无理性并且倡导领航员来规训？而另一个令人感到疑惑的问题是，群众作为一个群体，是否有边界，这样的边界划分的标准与范围到底是怎样的？甚至将时间作为度量衡，所谓的群体在不同时期和阶段也有所不同。将群众作为变量，去研究某一个时刻的群众，可以视作最为便捷的研究方法。当我们得出群体、个体之间的最大公约数的时候，我们就会发现群体建立的基础。而当我们以历时性的角度看待群体的时候，也可以发现群体的不稳定性。个体往往可以作为不同群体的一分子，同时也可以在群体中入场和退场。虽然各章节的组织有一定的时序性，但是"群众"这一概念的历时性发展大概绝没有各章所涉及的几个文本那么简单。

第五，该书的侧重点转向了主体性的文本再现的讨论。抛开知识分子是否能够作为群众的代言人和代表人不谈，这里所谈"主体性"其实是一种知识分子的主体性，或者是知识分子将自我投射到其他人身上的主体性。知识分子是不是群众的一部分？知识分子如何既游离于群众之外，又包括在内？

另外，该书讨论的所谓群众所居的地理范畴，是否仅仅指的是居住在城市的人。而对于广大农村的所谓"群众"，不管是现当代小说文本中还是在革命政治动员话语中，农村人口也成为作为文本想象与历史叙事的主要对象。如何看待农村群众与城市群众的相同与不同？在第三章和第四章所涉及的个体生活以及对于群众主体性的挖掘，往往仅局限在城市人的生活与心理状态，特别是情感纠葛、革命挣扎以及"新移民"式的生活体验（除了提及了钱杏邨对丁玲小说《水》中的农民群众的解读）。当然，我们在讨论群众的时候，无法避免去讨论占绝大多数的农村人口的生存问题与生活困境。

第六，老生常谈的问题依然萦绕在我们耳边：什么才是"群众的声音"？群众是否可以发声？怎样发声？"群众"是否可以简化为是一种人为的建构和再现的类别与复数合集？如果没有知识分子的理论化、虚构性/叙事性书写、政治理论家的枚举，"群众"是否成为一种不可捉摸的等待被集合的不同人的名义上类别？而在这些知识分子笔下的抽象概念的"群众"和具体的小说个体能否作为我们认识现代中国"群众"的代表？目前微观史、日常生活史、个人史、私人史等领域尝试从普通个体出发来探寻历史。那么如果不以知识分子的创作出发，普通人，或者可以说作为群众的一员是否可以为自己"发声"？或者我们怎样可以调用普通人的材料来让"群众"本人自己"发声"？如何从技术层面来书写群众，还原群众日常生活经验与心理状态？

另外，该书也有几处无伤大雅的缺失或者疏漏：

比如第44页缺失了"群众现象"的中文；第74页"情感的直觉"拼音应为"qing gan de zhi jue"；第225页注释中"土改中的诉苦：一种民众动员技术的微观分析"只提供了前半部分的翻译（Speaking bitterness in the Land Form），而"一种民众动员技术的微观分析"的英文（A micro-analysis of technology for mass mobilization）缺漏。

正如该书的书名所指示/暗示的，"革命之涛"意味着上下颠簸与起伏，那就意味着革命与变革并不是一帆风顺；而群众内部所蕴含的巨大的能量，也在一定程度上如巨浪一般，推动着历史发展的进程。如何认识并且动员群众，如何将不同文化背景、社会阶层、生活地域、年龄层次、性别差异、种族身份等群众凝结在一起，成为任何政府必须考虑的问题。当代中国对群众的浪漫化想象弥漫在该书的"尾声"部分。作者对于群众力量的希冀所表达出来的理想化群众意象，值得再次推敲。在点到为止的几次社会主义和后社会主义时期的事件和运动之后，必须重估群众在这些情境中的角色与地位。如果要对后社会主义时期的中国群众的地位与角色另作分析的话，那么可能就要再花一本书的体量来具体展开了。

另类颓废——评《现代中国文学与文化中的颓废：一种比较与文史重估》

　　中国"颓废主义"作为一种艺术、哲学和文学现象，兴起于20世纪30年代，在40年代继续发展，最终在新中国成立之后的当代中国呈现出一种别样的样态。所谓的中国"颓废知识分子"从西方汲取灵感，但在文学和社会理想以及个人创作努力方面，相较于西方颓废主义流派与思潮有着显著的不同。正如王鸿渐在其发表于2020年的专著《现代中国文学与文化中的颓废：一种比较与文史重估》（*Decadence in Modern Chinese Literature and Culture: A Comparative and Literary-Historical Reevaluation*）中所论述的那样，这本著作不光提供了东西方颓废主义的跨文化研究，而且也深入探讨了颓废主义文学和艺术创作的背景。

　　在现代中国，"颓废"一直以来备受贬低，其被赋予了诸如衰退、堕落、恶化和腐朽的负面含义。中国的"颓废主义"被认为展现了一种对人类境况的悲观态度，并充斥着恶性的肉欲和享乐主义。在王鸿渐看来，中国的"颓废主义"应该在文学批评和艺术史中被重新定位，作为全球和中国文化交融的独特产物。正如王鸿渐所言，她的研究致力于探讨"催生颓废文学兴起的社会和文化条件"。[①] 通过将20世纪30年代的颓废文学元素与20世纪80年代末及以后的文学（不包括20世纪30至70年代之间的时期）进行并置比

　　① Hongjian Wang. *Decadence in Modern Chinese Literature and Culture: A Comparative and Literary-Historical Reevaluation*. Amherst, MA: Cambria Press, 2020, p.30.

较，王鸿渐呼吁"重估"这类文本的文学和文化价值。

王鸿渐的著作分为三部分，探讨了中国"颓废主义"的发展阶段及产生的政治、经济和文化影响，时间跨度从民国时期到当代中国。通过分析七位中国作家——郁达夫（1896—1945）、邵洵美（1906—1968）、余华（1960—）、苏童（1963—）、王朔（1968—）、王小波（1952—1997）和尹丽川（1973—），王鸿渐旨在将这些作家创作的作品的文化和政治意义放置于他们生活与创作所处的时代背景中进行探讨。她认为，西方颓废运动强烈反对资产阶级，视其为典型的死敌，而中国的"颓废主义"则肩负启蒙大众的改革目标，但是又保持了精英阶层的社会地位。这些中国作家展现了不同的颓废主义倾向，并在中国现代主义的形成过程中发挥了至关重要且独具特色的作用。

引言部分讨论了中国"颓废主义"的诞生和发展及其对中国知识分子与社会的文化影响。作者试图超越传统的旨在强调中国作为民族国家受到帝国主义的侵略与掠夺的民族主义视角，而从作家个体的角度来阐释颓废主义的发生与发展。该书第一部分包括两章：第一章聚焦于作家郁达夫，这位中国现代主义的代表人物在其作品中争议性地展现了其复杂的性欲。作者认为，郁达夫笔下的主人公生于传统儒家道德规范与现代主义的个人自由和无拘无束的幸福追求之间。作为"五四"一代的代表，郁达夫展示了集体和个人的焦虑，并将个人情感"隐藏在民族情结、浪漫挫折、女性弱点和外国盟友的背后"。[①] 第二章转向上海的标志性作家和出版商邵洵美（1906—1968），他以卓越的美学家身份而著称。邵洵美的诗歌带有很强的欧洲浪漫主义影响的抒情情色倾向，他对社会启蒙的倡导、对个人快乐的主张以及对自然的赞美，使他更像是浪漫主义的后裔，而不是病态的颓废主义者。

---

① Hongjian Wang. *Decadence in Modern Chinese Literature and Culture: A Comparative and Literary-Historical Reevaluation*. Amherst, MA: Cambria Press, 2020, p.59.

　　第二部分包括两章，讨论了20世纪80年代末至90年代的中国当代文坛景观。第三部分涉及了三位当代小说家。作者认为：与其说余华是一位激进的社会批判者，不如说他是一位坚守人文主义价值观坚信恢复正义与秩序的支持者。作为20世纪80年代的文学偶像，他的作品被称为是"痞子文学"。他描写的是20世纪六七十年代中国精英青少年的放荡不羁的生活。虽然王朔的小说确实描写了一些不法人物和他们的不法行为，但他崇尚道德，提倡相互理解、尊重、帮助、勤奋。第七章讨论诗人尹丽川和她的"身体写作"，即带有浓重情色和性情的诗歌。她的诗歌崇尚个性和温馨的日常生活，反对枯燥乏味的生活常规，追求新奇和新鲜。

　　作为一种西方思潮，颓废主义在中国语境中一直被打上消极与堕落的负面标签。通过追溯自20世纪30年代至80年代中国作家的创作实践，王鸿渐提出对中国现当代文学中的"颓废"元素进行重估，强调不应对其仅仅降格或批判。现代私小说圣手郁达夫将国族伤痛隐置在个人情感与情欲之后，用一种个人颓废的方式来抵抗传统道德准则的桎梏与束缚。而唯美诗人与出版家邵洵美也以表面看起来颓废的浪漫主义特色，通过写作和从事商业出版行业双轨并行的方式来参与启蒙运动。当代作家余华与苏童恰好成为"颓废创作"的一体两面。余华坚持暴力美学，但仍然坚信人文主义的复归可以重建社会秩序。而由于对世界环境的不相信，苏童的颓废风格导致人物的失败甚至是毁灭。至于王朔、王小波、尹丽川三位当代作家，他们运用不同的标新立异的"颓废"创作风格来强调个人的独立性。王朔的"痞子文学"主人公虽然离经叛道，但仍然拥抱互助、尊重与勤勉等传统的道德价值观念与思想体系。而王小波与尹丽川作品中的主人公，却通过打破社会一整套价值体系与逻辑，来突出个性与独特性。与西方颓废主义反抗中产阶层生活方式不同，中国"颓废主义"的发展脉络中并没有反抗精英生活的一环，但是他们依然坚信部分传统道德与价值体系可以与现代启蒙运动相结合，从而走出一条与西方颓废思潮发展完全不同之路。

本书共七章，追溯了半个世纪以来中国"颓废主义"的变迁，与中国历史和思想界的许多事件和发展遥相呼应。对于对文学思想和理想的跨文化传播以及中国现代主义运动，尤其是个人面对社会和集体的问题感兴趣的读者来说，这本书无疑是一本了解中国"颓废主义"流派的发展脉络以及其在当代发展与兴盛的经典入门著作。

城市与农村的文化想象——评《下乡：中国现代文化想象中的农村，1915—1965》

近几十年来，中国的历史学家、文学评论家和文化理论家一直孜孜不倦地在中国城市研究领域笔耕不辍、深耕精拓，出版了大量的相关著作。然而，在乡村研究领域（如果存在这样一个学术领域的话），学术成果体量无法与城市研究相匹敌。张宇的《下乡：中国现代文化想象中的农村，1915—1965》（以下简称《下乡》）是一部及时的著作，提醒大众注意"乡村"在城乡文化变革中所扮演的角色。在《下乡》一书中，张宇呼吁学者们关注中国农村在民国时期到社会主义时期的社会变革与现代化的历史交汇中所扮演的重要角色。诚如斯言，"包括中国知识分子、改革家、革命家、左派记者和有志青年在内的各种历史行动者"将农村变成了"对一系列全球传播的理念进行争论和概念化的实验场所"，[①] 也是充满活力和动力的社区得以（重新）建立的地方。

农村地区一直是中国研究的热点之一。学者们研究的议题非常广博，包括家庭结构/等级制度、经济制度、仪式表演和宗教活动等。与此同时，仍有一些问题需要我们关注。例如，一些学者将农村视为城市的对立面，认为农村低人一等，需要改造、培育和进行进一步的开化过程。同时，一些研究将农村过度浪漫化，认为农村是现代疾病未曾入侵并破坏其长期存在的社会

---

① Yu Zhang. *Going to the Countryside: The Rural in the Modern Chinese Cultural Imagination, 1915- 1965*. Ann Arbor: University of Michigan Press, 2020, p.208.

结构的乌托邦。此外，一些学者也没有探讨农村与城市之间的互动关系，以及双方对彼此的影响。该书试图对既往研究纠偏，对半个世纪以来人们在农村的活动进行了批判性的探究。

除了引言和结论，《下乡》由三部分组成，每部分包括两个章节。《下乡》探讨了农村为中国启蒙、革命和社会主义提供的三种"愿景"。第一部分主要研究以返乡为主题的社会调查散文和情感小说。该书表明，乡村作为一个自我反思的场所，城市人在其中寻找应对时代混乱的多种方法，并探索乡村对他们的意义。例如，社会调查散文家在农村地区发现了城市中诸如互助、情感联系缺乏的一些特征和当地的娱乐形式。他们还向城市读者介绍被大众忽视的农村地区，并向城市读者展示多样化的地方信息，为构建一个统一的民族国家而服务。此外，许钦文（1897—1984）、冯沅君（1900—1974）和郁达夫（1896—1945）等小说家也在各自作品中避免对农村生活进行道德评判，而是发掘农村生活的包括生活方式、族群关系和文化传承等优点。社会调查散文家和中国现代作家都对农村进行了细致调查，并将农村与城市并置。

第二部分分析了落后的农村如何变成"一个充满期待、力量和资源的地方"，[①]以及中国共产党在延安革命根据地的政治格局。以美国记者爱德华·斯诺（Edward Snow）在延安的政治访问为例，作者认识到中国农村在国家和全球层面的重要性。在斯诺看来，延安是展望中国未来的最佳范例。此外，左派作家在延安描绘了中国的另一面。以陈学昭（1906—1991）为代表的中国女作家表现了感性和苦难的细节，呈现了中国现代政治史宏大叙事之外的信息。此外，著名女作家丁玲（1904—1986）的短篇小说突出了中国革命女性在延安的性别和职业角色。第四章通过研究赵树理（1906—1970）

---

① Yu Zhang. *Going to the Countryside: The Rural in the Modern Chinese Cultural Imagination, 1915-1965*. Ann Arbor: University of Michigan Press, 2020, p.11.

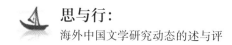

的小说《小二黑结婚》（1943）和"马锡五——刘巧儿小说"（1943—1945）
的创作，探讨了"爱情和法律的语言是如何被用来塑造革命主体性的"，[①]
以及中国共产党是如何成功改革"过时落伍"的农村传统婚姻制度的。作者
指出，中国共产党领导层赋予爱情、法律和劳动概念以新的含义，从而构建
了新的乡村文化，使之成为革命文化的重要组成部分。

第三部分即最后两章重点探讨了小说和电影如何描绘工业化农村的美学
形象。在"冷战"时期，社会主义工业在农村兴起和发展，并形成了独特的
中国民族身份。第五章强调了农村工业化如何成为建设强大社会主义民族国
家的主要目标。农村工业化促进了集体创造力，突出了"劳动即游戏"的理
念，向世界展示了独特的中国社会主义。第六章聚焦于1949年至1965年放
映的社会主义电影，关注城市知识青年进入农村和偏远地区后的身体、精神
和心理转变。欠发达的农村被建构为"一个新的审美领域，在这里，友情、
职业关怀、家庭温暖和社区亲密关系为建设社会主义提供了能量"。[②]

作为一部系统研究中国农村如何在中国现代社会发展中发挥重要作用的
学术专著，该书为研究城市与农村之间的互动动态关系开辟了一条新路。如
何表达农村居民的声音，是留给作者的一个问题。中国农民作为农村变革的
对象和参与者，中国农民的言行值得倾听。《下乡》是对现代中国的文化改
革、革命政治、社会工程和群众动员等问题感兴趣的学者的必读学术专著。
该书提醒我们，现代中国农村的政治、经济和文化意义不容忽视或低估。

---

① Yu Zhang. *Going to the Countryside: The Rural in the Modern Chinese Cultural Imagination,
1915-1965*. Ann Arbor: University of Michigan Press, 2020, p.143.

② Yu Zhang. *Going to the Countryside: The Rural in the Modern Chinese Cultural Imagination,
1915-1965*. Ann Arbor: University of Michigan Press, 2020, p.185.

塑造能动主体——评《锻造社会主义主体：电影与中国现代性，1949—1966》

　　以往由于意识形态的掣肘，社会主义电影，特别是自中华人民共和国成立之后至"文化大革命"开始之前十七年间（1949—1966）的电影生产，多被认为仅是政治宣传的传声筒、视觉拍摄的僵化物、写实美学的美化品；然而学术界对社会主义"十七年"时期电影研究成果亦层出不穷。中国大陆学者研究大多集聚视觉美学、意识形态等内容，代表著作诸如洪宏《苏联影响与中国十七年电影》[①]、史静《主体的生成机制："十七年电影"内外的身体话语》[②]、王广飞《十七年中国少数民族电影研究》[③]、张硕果《"十七年"上海电影文化研究》[④]、余纪《国家建构的一个侧面："十七年"电影中的边疆叙事与国族认同》[⑤]等，或概览一瞥，或追本溯源，或以地方区域为界限，或以类型种别为范围，对"十七年"电影加以富有建设性与启发性的研究。而海外学界研究也提供了差异化的研究视野而为其正名：如朱爱岚（Ellen

---

[①] 洪宏：《苏联影响与中国十七年电影》，北京：中国电影出版社，2008年。

[②] 史静：《主体的生成机制："十七年电影"内外的身体话语》，北京：北京大学出版社，2014年。

[③] 王广飞：《十七年中国少数民族电影研究》，北京：中国电影出版社，2012年。

[④] 张硕果：《"十七年"上海电影文化研究》，北京：社会科学文献出版社，2014年。

[⑤] 余纪：《国家建构的一个侧面："十七年"电影中的边疆叙事与国族认同》，北京：人民出版社，2016年。

R. Judd）提出社会主义样板戏的展演在社会组织方面发挥了重要作用。①康浩（Paul Clark）也声言必须重估十七年电影成果，发掘这一时期电影类型的多样性、视觉的特殊性以及技术的革新性。②柏右铭（Yomi Braester）关于社会主义初期电影研究指出，在政治运动中不同种类的文化生产被指定具有不同的文类功能（genre-function）③，卢晓鹏（Sheldon Lu）提出十七年电影在社会意识形态上对于人民的改造，海外学者尝试将十七年电影从"泛政治、纯意识"的评介上拉回其历史光谱之中，重估其作为特殊时期产物的政治、美学、历史与社会价值。④海内外彼此不同的关注面向，使得"十七年"时期电影研究值得在整合和对话的基础上推陈出新。

电影作为社会主义新型政治系统（political system）关注的文艺生产方式、培育机制以及改造渠道，在新中国成立初期深受中央政府的重视，其运作机制和教育意义不容忽视。2020年底，伦敦大学亚非学院教授陆小宁《锻造社会主义主体：电影与中国现代性，1949—1966》（*Moulding the Socialist Subject: Cinema and Chinese Modernity，1949-1966*）⑤（以下简称《锻造社会主义主体》）一书出版以一种超越传统影视视觉分析理论框架的讨论模式，融合接受美学、景观（spectacle）研究、社会主义政治、社会主义群众运动、

---

① Ellen R. Judd, "Prescriptive Dramatic Theory of the Cultural Revbolution," in Constantine Tung, Colin Mackerras, eds. *Drama in the People's Republic of China*. Albany, NY: State University of New York Press, 1987, pp.94-118.

② Paul Clark. *Chinese Cinema: Culture and Politics since 1949*. Cambridge, MA: Cambridge University Press, 1988.

③ Yomi Braester, "The Political Campaign as Genre: Ideology and Iconography during the Seventeen Years Period," *Modern Language Quarterly*, 2008, 69 (1): 119-140.

④ Sheldon Lu. *Chinese Modernity and Global Biopolitics: Studies in Literature and Visual Culture*. Honolulu: University of Hawaii Press, 2007.

⑤ Xiaoning Lu. *Moulding the Socialist Subject: Cinema and Chinese Modernity, 1949-1966*. Leiden: Brill, 2007.

社会主义科技史等理论方法，丰富既往"十七年"电影研究，在推进社会主义时期视觉生产研究中颇富特色。该书不仅对影片内容、类型、思想、身份、语言等加以文本细读，同时也讨论影片在生产、制作、传播、流通、消费过程中所牵涉的各类人群，包括但不限于电影演员、导演制片、电影放映员、观影人员等。承袭既往关于社会主义初期文艺生产研究的海外汉学研究范式，此书探讨电影在社会主义中国成立初期所扮演的角色，[①]标题所指的"锻造"（moulding），不仅指代一种培养方式，推出标准化的"模板"来构建社会主义"新人"，也意指主体形成过程——通过观影、制影、播影等与电影有关的行为来加以"锻造"，建构社会主义人民的"主体性"（subjectivity），显然借鉴的是后结构主义的概念。所谓"社会主义主体"，作为社会主义现代化的能动者（agents of socialist modernization），陆小宁将其定义为"在意识、情感、行为与态度上由社会主义意识形态标准化构建的具体个体"，[②]正是试图突破电影文本与电影文化其他面向的割裂局面之举，使得研究从电影文本延伸到与电影相关联的人群，厘清他们在协助中共塑造意识形态的同时如何改造自身的进程。

全书六章，可分为两大部分：第一章、第二章、第三章为第一部分，关注反特片、体育片与少数民族片三种类型电影，分别讨论反特片如何推进群众动员、体育片如何引入身体政治、少数民族片如何构建统一的多民族国家叙事。第四章、第五章、第六章为第二部分，研究如何改造和树立红色明星，以及如何将"恶霸形象"的塑造作为政治情感机制的一环，并探讨电影流动放映员从普通劳动者到红色技术专家的转变过程。前后内容从影片虚构

[①] Xiaoning Lu. *Moulding the Socialist Subject: Cinema and Chinese Modernity, 1949–1966.* Leiden: Brill, 2007, p.3.

[②] Xiaoning Lu. *Moulding the Socialist Subject: Cinema and Chinese Modernity, 1949–1966.* Leiden: Brill, 2007, p.4.

人物到社会现实人物、从影片角色到演员本人，跨越虚实界限，彼此关联、互为补充，构成"自上而下、聚焦媒介"与"自下而上、锻造主体"的双向纵横立体网络。在这一研究领域上该书有三方面的学术新见尤为可贵：

第一，社会主义电影类型片如何从审美愉悦商品转变成意识行动指南。该书强调社会主义电影并不仅仅是一种政治意识形态的工具，同样也能成为知识训导的教材与渠道，在动员大众（mobilizing the mass）过程中发挥至关重要的作用，能够融合人民群众内化而成的潜在动力与主观能动性的同时丰富（或赋予）电影文本新内涵；而观影活动本身也成了一种规训国民行为与政治参与的过程。在这一点上陆著用力甚深：20世纪50年代，随着中国共产党推动的镇反运动和肃反运动的深入，寻找隐藏敌人成为政府的主要目标，人民大众的力量被调动起来；此时大量反特片的涌现不仅起到了震慑作用，也施加了教育功能。通过研究"冷战"时期的反特片《人民的巨掌》（1950），该书明确指出为巩固新生政权，社会主义反特片旨在塑造"监控代理者"（surveillance agents）以培养人民发现敌人的主观能动性，而不是仅仅把人民当作保卫国家安全的监控主体（surveillance subjects）——征集信息或者汇报人员；这种全民参与模式极大地调动了人民群众的政治参与积极性，是全新的社会主义管理技术和政治手段。在探讨了反特片之后，陆小宁从精神转向身体，发现社会主义体育片的政治、历史与社会价值，讨论在新体育运动的背景下"体育"这一话语是如何通过电影的制作与传播在新中国推广的。通过分析《球场风波》（1957）、《大李小李和老李》（1962）、《女篮五号》（1958）、《冰上姐妹》（1959）等体育电影作品，作者指出其在塑造身心健康的社会主义工人形象上的建构意义。《球场风波》与《大李小李和老李》用一种幽默戏谑的方式在工人阶级之中推广职工体育运动、普及全民运动理念，代表着此时期社会主义体育片中个人身体与国家整体紧密结合的政治审美取向，传递出强健身体是以高效生产力参与社会主义建设的重要保证的讯息；《女篮五号》与《冰上姐妹》则关注运动员与他们的家庭，建构一种新型的伦理观，片中倡导的姐妹情谊中，不屈不挠、无私奉献、互帮互助等伦理道德精神成为建设新型社会关系的基础和社会主义公民的标准，推介强壮、健康、富有朝气与活力的人物形象，一改往日"东亚病夫"之羸弱形象，也有树立社会主义健康主体的标准、典范、榜样型模板的意义。曾有学者贬斥社会主义民族电影遵循（自我）东方主义化的创作模式，将少数民族刻画成他者，从而在本质上将汉族与少数民族对立；陆小宁则提出相反观点，他认为少数民族电影正是一种传播社会主义民族大融合与共同体理念的产物，对于形塑统一多民族国家的"国族"意识具有纽带意义，故而研究第三种影片类型——少数民族题材电影反映国家如何将民族识别工作纳入中国多民族统一国家的确立过程之中这一少有人关注的面向。通过分析《边寨烽火》（1957），作者关注到以汉族演员扮演少数民族角色的方式以探索跨越种族边界的可能性，这种具有鲜明社会意识形态的电影生产处理方式完全符合了中国当时的民族政策；而分析电影《达吉和他的父亲》（1961）从小说文本到电影剧本的改编，作者则强调电影是如何将一个少数民族爱情故事转变成为刻画充满民族兄弟情谊的社会主义新人的嬗变历程。少数民族电影既推广也补充了民族政策的官方话语，对建设一个新的社会主义中国提供了范式案例。

第二，社会主义电影在生产制作过程如何施加和引导主体性改造。以往的研究往往站在观影者的立场上而相对忽视电影制作与传播阶段的文化政治，而陆小宁则试图引导研究方向跳脱视觉审美阅读的固有逻辑，关注社会主义中国的电影明星制造机制——电影演员是如何做好自我改造之路（荧幕之外）以及打磨演技以演好角色之路（荧幕之内）——来分析主体性改造中"主体"是如何在现世真实展现（presentation）和艺术虚构再现（representation）之间寻找出路的。电影明星作为一种与人民群众不同的、带着偶像光环的独特个体/群体，常常带着许多标签：生活腐化、浮华、个人主义、自由主义，① 在荧幕之外的电影明星本身作为一个"个人主义"形象，与社会主义所倡导的个人融入集体的理念相悖；因此，需要电影演员本人融入人民文艺之中，明星文化也亟须进行一系列深入群众的主体性改造，例如，上官云珠在1950年《大众电影》杂志上发表《演员生活十年》自述里坦承，自己有"名利思想""显本领"的一面，以这样的表态来表示与过去割席（第101页）。在荧幕之内的电影明星也在不断锤炼演技以提供群众情感规训的模板。陆小宁以电影明星张瑞芳（1918—2012）为例，探讨明星文化在20世纪50年代以后所经历的时代流变，通过引入与借鉴苏联斯坦尼斯拉夫斯基（Stanislavski）体系，对演员的自然与复杂表演制定一系列规则，社会主义中国成功对电影明星以及明星文化进行了改造，这种主体性的改造不仅是来自电影生产展现国家行政力的价值需求，也根植于电影演员贴合主流价值观的内在驱动。在电影明星的塑形过程中，别具一格的"恶霸"形象电影同样反映了社会主义电影制作的情感文化政治（cultural politics of effect）。在社会主义初期弥漫的阶级斗争气氛之中，中国共产党为共产革命与社会主义土地改革运动打下了坚实的群众基础，而行之有效的政治手段之一，就是"树立/塑造"恶霸、地主等反革命分子的标靶。与以往的研究多关注英雄正面人物的塑造不同，陆小宁提出要对反派人物进行细致研究，在电影生产场域的恶霸形象创生和塑造过程中，他挑选著名演员陈强（1918—2012）为个案，指出反派人物演员甘愿牺牲自我形象为社会主义服务的同时，也对自身进行着社会主义主体性改造。"恶霸表演"作为一种反面教育法（negative pedagogy），将观影群众代入一种情感参与模式来介入政治思考，从而与社会主义政治文化相联系，以一种情感机制（affective apparatus）来对观影群众进行了一定程度的情感激发与教育，使得群众在不知不觉中接受阶级斗争理论，培养了善恶意识，

---

① Xiaoning Lu. *Moulding the Socialist Subject: Cinema and Chinese Modernity, 1949-1966.* Leiden: Brill, 2007, p.99.

也吸收了社会主义革命理论资源。由此可见，审视社会主义电影生产制作中之于主体改造的施加和引导面向，能拓深剧作者对角色的主体观改造以及角色身份自身个人主体性改造两个维度的思考，而这本身又是一种"主体性"呈现。

需要指出的是，张瑞芳在革命时期早已迅速成为一名红色电影工作者，其在新中国成立前后的转变或者说个人改造过程并不十分明显。若有其他诸如在国统区私立电影公司工作的电影明星的案例出现，分析他们的思想改造、人生转变、职业磨炼等面向，可能在帮助我们更好地理解社会主义电影主体性的形成模式上更具说服力。

第三，科学技术史视阈中的社会主义电影技术政治与影像再现。社会主义初期，在不同岗位上工作的人民群众以"螺丝钉"身份参与到新中国的社会主义建设过程，很多微乎其微的小人物的边缘状态和生存意义往往为宏大叙事的光芒所遮蔽。作为长期被忽视的一种职业，陆小宁关注流动电影放映员作为劳动工人在当时所扮演的"重要"角色。这种从科学技术史的角度讨论社会主义电影的放映问题，关涉电影作为一种影像的呈现模式，超越了电影传统美学范畴的考量范围，故而多为学界所忽视。首先，作为影像运载者、知识传播者、政策宣讲者、技术支撑者，电影放映员并不仅仅是机械操作放映设备的低阶工作人员，而在自我塑造与他人改造过程中扮演了至关重要的角色。特别是在文化水平相对较低的农村和边疆地区，电影放映员发挥着政策宣传和影像解读的双重作用，不光用实际行动"翻译"与普及视觉呈现方式中的社会主义理念与愿景；同时他们也以身体力行的方式来形塑红色技术工程师的形象，在电影放映过程中通过实时课程（live lecture）"权威地"向广大农民观众解释人物形象、故事情节和题旨要义。其次，由于制作放映经费缺乏、技术水平相对落后，电影放映员往往需要独力或协力克服种种在运输、保管、播映、排场等方面的困难。在农村和边疆地区推动电影播放事业，将原本集中在城市的电影市场研究领域加以延深拓展，深具物质文化研究（material culture studies）和文化唯物主义（cultural materialism）的方法论意味，探究电影承载的教育大众与宣传思想双重任务的实施代理和过程（agency & process）。再次，作为社会主义流动传声筒，电影放映员在中央与地方、城市与乡村、政府与基层、干部与群众、女性与人民之间搭建起重要的沟通桥梁，他（她）们身为代表先进文化表征的创设主体性身份值得格外关注，社会主义技术政治原则（politics of technology）在塑形政治主体的过程中也发挥着重要的作用。2020年张艺谋执导电影《一秒钟》中的"范电影"的角色塑造恰与陆小宁所关注的研究对象相映成趣。社会主义物质生产与消费在近来渐成研究热点，不过该书对电影放映员之于电影在地化的改造、电影设备的维护和改良、电影播放技术的改进等内容则涉及较少，仍然值得在未来研究中关注。

从影片本身，到电影表演者，再到电影放映员，该书提供了非常完备的社会主义电影生产、流通、消费各个环节的立体研究模板。该书副标题指明社会主义电影与中国现代性的关系之问题，然而就本书实体来说，可能并未很完备涉及社会主义现代性这一复杂议题。与肇始于晚清的现代性发展与勃兴过程差异明显，社会主义现代性关注的可能更多的是国家治理、阶级定位、社会改造、群众动员等方面的内容，但在该书中对于社会主义现代性的具体内容并没有准确定位，仅通过电影视觉文本解读和情境分析——到底社会主义现代性之"现代"体现在什么具体方面，社会主义现代性与资本主义现代性有何异同，这些问题指向依然晦涩难明。另外，新中国的社会主义现代性与当时其他红色政权国家，诸如苏联、越南、古巴等国的社会主义现代性、特别是在电影艺术生产与消费方面有何关联或者不同，可能也是一个需要仔细探讨的议题。此外，对于观影者方面，可能由于资料的相对匮乏，该书对其关注较少——倘若能够挖掘更多底层观影群众，特别是农村观影群众一线观感与反馈等，或许会将社会主义电影图景描绘得更趋细致。

新中国成立初期的物质史研究——评《社会主义新生事物：新中国成立初期的物质性》

物质史（History of Material Culture）或者物质文化研究（Material Culture Studies）最早出现于20世纪中叶的考古学和人类学领域。在20世纪70年代和80年代，除了考古学和人类学以外，博物馆学、技术史、艺术史、文化研究等不同学科领域学者相继介入，几成一门学科。[①]近年来学界研究日渐深入，发展多样理论范式，关注"物的文化生命史"（cultural biography of things）与"物"在文化中的角色，从物出发来"推物及人""由物观史""解物认世"。所谓"物的生命史"，是从文化的角度把商品生产、流通、消费视为文化认知过程，商品不仅要在物质上作为某物来生产，也要在文化上作为某物来标记，在这个交易可视化的实体经济背后运行着一套道德经济（moral economy）——相比不受约束和适者生存的市场环境，尊重人的权利和亲缘关系被视为拥有更高的道德层次。其中，伊戈尔·科皮托夫（Igor Kopytoff）着力描述不同文化里，物在商品化、去商品化的过程中不同的转折点，力图呈现物作为商品、艺术品、生活用品等不同功能与性质类别时所展现的意义。"物的生命文化史"理论不光把商品视为物的"社会生命"（social life）中的一个阶段，同时追溯物背后的社会文化动因，以及物的"生命

[①] 参见 Ian Woodward. *Understanding Material Culture*. London: Sage, 2007, p.5; Dan Hicks and Mary C. Beaudry eds. *The Oxford Handbook of Material Studies*. Oxford: Oxford University Press, 2010, pp.25−28.

历程"如何凝聚了社会、政治、历史的变迁。

借由"物的文化生命史"的视角，自20世纪50年代以来，西方学界在文学、社会学、博物馆学、考古学、艺术史、历史学（特别是技术史）等学科领域涌现了一大批研究成果。[①]这些成果大大丰富了我们对于"物"这一抽象概念在不同学科理论体系下的认知，也为我们打开了认识物与物质文化的新思路。"物质转向"（material turn）成为近二三十年来兴起的，与语言学转向（linguistic turn）、空间转向（spatial turn）、位移转向（mobility turn）等理论转向齐头并肩发展的又一风潮与趋势。[②]

物质文化研究在中国起步并不晚。中国学者早在21世纪初即开始系统引介与架构物质文化理论，如由孟悦、罗钢担纲主编的《物质文化读本》较早地将物质文化研究学理化与系统化，是早期具有典范意义的教科书级别的著作。[③]另外，学界着迷于古代中国的物质文化积淀，不断重构物的"生命周期"，重识人与物的关系，重建物的社会文化体系。在宏观研究方面，国内学者着重关注古代中国的物质文化，包括器物、服饰、食品、宗教、仪式等方面的内容；[④]自2013年以来，开明出版社陆续出版五十卷"中国古代物

① 中国学界较早关于物质文化研究的概念与基本理论架构等基础性知识的介绍，详见潘守永：《物质文化研究：基本概念与研究方法》，《中国历史博物馆馆刊》，2000年第2期，第127页至第132页。

② 罗芸更倾向于指称这是一种物质复归（material return）的理论风潮，而不是当做一种新生现象。就作者看来，中华人民共和国成立后的物质复归与媒体环境紧密关联。参见Laurence Coderre. *Newborn Socialist Things: Materiality in Maoist China*. Durham. NC: Duke University Press, 2021, pp.14-18.

③ 孟悦、罗钢主编：《物质文化读本》，北京：北京大学出版社，2008年。

④ 王玉哲主编：《中国古代物质文化》，北京：高等教育出版社，1990年；徐飙：《两宋物质文化引论》，南京：江苏美术出版社，2007年；孙机：《汉代物质文化资料图说》，上海：上海古籍出版社，2008年；孙机：《中国古代物质文化》，北京：中华书局，2014年；孙志新主编，刘鸣、徐畅译：《秦汉文明：历史、艺术与物质文化》，北京：社会科学文献出版社，2020年。

质文化史"丛书，全面关注各朝历代的物质文化图景。①个案研究方面，如潘玮琳研究作为殡葬祭祀用品的锡箔的制造、销售过程与历史，以及人民对其赋予的社会功能与文化意义。②中国台湾学者也出版了诸多物质文化研究专著，比如黄应贵主编的论文集从医学、服饰、居所、食物、宗教等方面研究中国少数民族的物质文化。③

国外学者研究著述繁多，个案研究面向丰富。如柯嘉豪（John Kieschnick）研究佛教对中国建筑、服饰、家具以及饮食的影响。④物质文化研究先驱柯律格（Craig Clunas）追溯晚明士绅精英使用与收藏文玩用品的"生命史"，⑤ 艾约博（Jacob Eyferth）探讨四川造纸村八十年工匠技术传承史，以研究中国家庭与社会的组织形态、村落共同体的运行模式⑥，等等。这些研究为中国物质文化研究提供了许多学术成果，为后学提供了丰富的材料和视角。

在中国研究领域，中国古代物质文化研究著述颇丰，但关于中国现当代时段——尤其是新中国成立以后的研究成果相对较少。美国纽约大学东亚系助理教授罗芸（Laurence Coderre）于2021年由美国杜克大学出版社出版的《社会主义新生事物：新中国成立初期的物质性》（*Newborn Socialist Things: Materiality in Maoist China*）（以下简称《物质性》）为此阶段研究锦上添花，

---

① 参见"中国古代物质文化史"丛书，北京：开明出版社，2013年至今。

② 潘玮琳：《礼俗消费与地方变迁：江浙锡箔的物质文化史》，上海：上海社会科学院出版社，2018年。

③ 黄应贵主编：《物与物质文化》，台北："中央研究院"民族学研究所，2004年。

④ ［美］柯嘉豪著，赵悠等译：《佛教对中国物质文化的影响》，上海：中西书局，2015年。

⑤ ［英］柯律格著，高昕丹、陈恒译：《长物：早期现代中国的物质文化与社会状况》，北京：生活·读书·新知三联书店，2015年。

⑥ ［德］艾约博著，韩巍译：《以竹为生：一个四川手工造纸村的20世纪社会史》，南京：江苏人民出版社，2017年/2024年。

是目前英语学界第一部研究社会主义中国物质文化的学术专著。《物质性》描绘在新中国成立以来出现的物质以及与物连结的新现象与新关系，勾勒人民物质生产、流通、消费的丰富图景，凸显社会主义商品生产与销售的转型路径，显然正是"物的文化生命史"视角在当代中国语境中的具体运用。

正如作者在导言中所指，"社会主义新生事物"（以下简称新生事物）这一概念具有"扩展性与异质性，与物质世界①关系暧昧，旨在替换在历史中占主导的互动形式，如商品"等特征。②与资本主义世界的商品概念相异，"新生事物"是在新中国成立之后衍生的概念，具有鲜明的社会主义特色，旨在重塑实体（如瓷器、镜子）与非实体（如声音、表演）物件以及这些物与人的关系。这里需要明确的是，在这一概念中本身隐含着一些辩证对立的因子在持续互动角力：首先是"社会主义"意味着与传统中国的"封建主义"和当代世界的"资本主义"的分野，前者表现在历史纵深度上的时间性，后者表现为空间横向度的空间性；其次是"新生"与"旧有"的分殊，"立新"意味着"破旧"，而"新"的本身也有沦为"旧"的必然趋势；再次是"事物"本身也有物质层面的"物"和制度/精神层面的"事"的交融，这里既伴随着技术和物质维度的商品本身，更有商品所对应联结的社会机构、组织、关系、人伦等文化定性。③作者认为，如果只专注研究物背后的关系与体制，即物与人的关系，那么"物质性"（materiality）本身就会湮灭无闻，故而在论证过程中，她始终告诫读者，必须关注物质本身的肌理、结构与内容。

《物质性》另辟蹊径，别开生面，一洗新中国成立初期"物质匮乏"这

---

① 物质世界（material world），指拥有消费经济的社会。

② Laurence Coderre. *Newborn Socialist Things: Materiality in Maoist China*. Durham. NC: Duke University Press, 2021, p.4.

③ Laurence Coderre. *Newborn Socialist Things: Materiality in Maoist China*. Durham. NC: Duke University Press, 2021, pp.2–6.

一概念陈见，从声音、商品、身体三个角度来建构与解构"社会主义物质性"这一概念。其主体部分共计六章，就综合体例来看每章互相关联，而又层层递进。第一章研究着眼于现代进程的推演，包含媒体技术方面。着重关注社会主义初期与"民族—国家"概念同构的"听觉共同体"（imagined listening community）的建立过程。第二章指出商店售货员重新定义"消费"的工作任务、责任与意义。第三章则透过商品展示和工艺品生产，指出国家强调社会主义商品的生产性如何影响消费习惯。第四章则从新中国成立初期的政治经济学教材出发，探讨意识形态话语与物质性的问题——"新生事物"如何具有社会主义性质？国家如何借助教材对抗"商品拜物"（commodity fetish）？第五章研究镜面装饰被赋予的身体凝视和英雄内化的暗示，反映新中国成立初期与身体错综复杂的关系。本文拟就声音想象、商品消费、身体政治三个方面略论《物质性》的学术创新与理论特色。

一、声音想象与媒体环境

近来作为学界先锋，热门领域的声音研究涵盖技术层面（技术应用）、社会层面（声音政治）、文化层面（声音文化）等诸多方面。[①]第一章从现代化角度（声音政治）出发，探讨国家建构之问题。罗芸提出了一个重要的概念——声音想象（sonic imaginary）。声音是如何被传播、想象和解读的？作者试图还原新中国成立初期的音景（soundscape）面貌，其所定义的"声音想象"可以被理解成以声音为媒介，通过转译的方式对个体产生效果；个体

---

① 康凌：《在现当代文学研究中思考"声音"》，《中国图书评论》，2021年第8期，第15页至第24页；刘岩：《声音文化研究：界说、类型与范式》，《外国文学》，2021年第6期，第123页至第133页。

借由听觉器感官接受声音之后的回应。①社会主义声音政治旨在通过声音想象构建一个"想象的听觉共同体"②（以下简称"听觉共同体"），在社会主义建设初期形塑"民族—国家"想象。作为声音政治的一部分，广播喇叭与收音机的普及将新中国这一广袤疆域构建成一个兼具大众公共性（mass publicity）与社会主义现代性（social modernity）的声音空间。③通过广播讯号的传播与覆盖，社会主义理念被广泛散播至中国山川大地的各个角落。

作者追溯了各种现代化声音设备向群众推广与普及的过程：有线广播网络的建立带动了广播喇叭的大量生产与普及，从广播喇叭、音响、无线电网络、收音机，到手摇唱片机、薄膜唱片等一系列与录音、播放有关的音频器件进入千家万户，"听觉共同体"随之建立。正如作者所指出，由于国家将作为"现代、国家、社会主义主体"的人民群众（尤其是无产阶级）想象、建构为媒体等社会主义商品的消费者，这一消费群体自然而然地被纳入了"民族—国家"的框架之中，其对社会主义物质文化的消费代表着"文明"与"正确"，对统一的多民族社会主义中国想象由此形成。④

这一"听觉共同体"的建立仰赖于上述科技产品和技术的普及与推广。与由报纸、杂志等印刷媒体所构建的，轮廓边界模糊、依赖视觉图像的"想象的共同体"不同，广播作为无孔不入的声音载体，可以到达任何可至的角落，在一定的范围之中全面渗透，以弥散、扩张、深入的方式来覆盖国家空

---

① Laurence Coderre. *Newborn Socialist Things: Materiality in Maoist China*. Durham. NC: Duke University Press, 2021, pp.27–28.

② Laurence Coderre. *Newborn Socialist Things: Materiality in Maoist China*. Durham. NC: Duke University Press, 2021, p.34.

③ Laurence Coderre. *Newborn Socialist Things: Materiality in Maoist China*. Durham. NC: Duke University Press, 2021, p.21.

④ Laurence Coderre. *Newborn Socialist Things: Materiality in Maoist China*. Durham. NC: Duke University Press, 2021, p.56.

间，为传播社会主义国家思想与理念提供了便利。[1]另外，从民国时期过渡到社会主义时期的唱片公司，也积极参与了"听觉共同体"的建立。随着唱片被不断复制与购买，"社会主义声音"得以传播。[2]然而作者强调，人民群众收听习惯具有一定的能动性，故而对于收听内容的选择和理解，同样具有一定的开放性和多义性。[3]

社会主义媒体环境因其具有鲜明的时代特征，值得不断深究。"声音"作为一种听觉感官由广播网络改造成为"新生事物"。作者通过将中国当代史与科技史相结合的方式，为当代中国声音研究提供了新的维度。

二、商品消费与知识生产

第二章着眼于消费经济的规训与引导，围绕购买实践展开分析。关于民国时期的商品展示，连玲玲已经作了非常扎实的研究，提出当时的资本主义企业是如何在全球主义体系下传播现代消费主义观念、规训城市消费行为与习惯。[4]《物质性》则转而追溯新中国成立初期百货公司的转型问题。在社会主义中国成立初期，如何在消费场所表彰"生产行为"而不是鼓励"商品拜物"，成为当时需要注意的首要问题。百货公司、粮油门市部、供销社售货员在中国社会主义初期扮演了重新定义"消费"的服务与教导角色——将

---

① Laurence Coderre. *Newborn Socialist Things: Materiality in Maoist China*. Durham, NC: Duke University Press, 2021, pp.34-36.

② Laurence Coderre, *Newborn Socialist Things: Materiality in Maoist China*. Durham, NC: Duke University Press, 2021, pp.35-36.

③ Laurence Coderre. *Newborn Socialist Things: Materiality in Maoist China*. Durham, NC: Duke University Press, 2021, p.15, p.33.

④ 连玲玲：《打造消费天堂：百货公司与近代上海城市文化》，北京：社会科学文献出版社，2018年。

此前被认为具有资本主义特色、享乐主义色彩的消费行为纳入社会主义商业与贸易逻辑之中。在"为人民服务"理念的统领下，售货员扮演了"消费导师"与"一线步兵"的角色，他们被认为是"处在现代化、革命与物质性相互竞争的危急关头的交汇处"，[1] 需向顾客展示理想的社会主义式消费习惯："即便有无穷无尽的商品，可迎合拥有无限购买力的顾客，但顾客依然只选择购买政治上合宜且意识形态正确的商品。"[2] 在消费经济转型的背后，"敌人不是物质性，或者更具体地说，不是物质充裕的梦想。正如我们所见，取得消费商品和中国共产党（对消费）的体谅意味着齐头并肩。确切地说，追求充裕的同时伴随着对浪费的战争"。[3]

第三章从商品展示角度出发，辅以对商品生产改革过程的探讨，追溯社会主义商品"物的文化生命史"。关于商品展示的讨论，作者提出了一个非常重要的概念——生产性展示（productivist display）。[4]生产性展示尽管是为了消费服务，但是在一定意义上反映了国家对展示社会主义商品储备充裕以及类型多样的要求。在具体案例中，作者指出商店的样品室（sampling room）如何为采购员提供一种特殊的采购环境，培养他们的社会主义式消费习惯："所谓'样品室'是企业有序地陈列其名下的各种商品，让采购员可以看到所有商品的地方。采购员的评估和选择将使商品的分配和供应最为有效地满足需求。"样品室的目的并非说服零售商从这里购买，不从其他批发

---

[1] Laurence Coderre. *Newborn Socialist Things: Materiality in Maoist China*. Durham, NC: Duke University Press, 2021, p.83.

[2] Laurence Coderre. *Newborn Socialist Things: Materiality in Maoist China*. Durham, NC: Duke University Press, 2021, pp.80–81.

[3] Laurence Coderre. *Newborn Socialist Things: Materiality in Maoist China*. Durham, NC: Duke University Press, 2021, p.78.

[4] Laurence Coderre. *Newborn Socialist Things: Materiality in Maoist China*. Durham, NC: Duke University Press, 2021, p.84.

商购买，而是向零售商提出建议，避免他们出现经济误算。①相比资本主义企业以各种优惠手段倾销商品，社会主义企业讲究明码实价，突出商品的生产价值："店内商品陈列一定要整齐、丰满、醒目、赏心悦目……让进商店的消费者感受到商品处处不同凡响、五彩缤纷、生动活泼。它们必须焕发人民的精神。"②在消费领域，社会主义商品通过完美展示体现且符合了新中国成立初期的意识形态逻辑，特别是商品消费逻辑，最终实现了商品从采购进货、展示导览，再到购买使用的整个社会主义中国化的消费链。

除了商品展示以外，该书还关注中国"瓷都"——江西景德镇的社会主义生产转型问题，关涉手工艺者、生产场所以及工艺制品三个方面的内容。通过重写当代中国瓷器制作史、重溯大量工厂的建设史，以及建构瓷器工匠成为无产阶级劳动者的过程，作者提供了国家如何让生产者、制作工艺、制作过程、制造源头（诸如作坊、工厂等）"历史后台"拉回大众视野的中国当代史版本。在古代中国，瓷器作为一种精英阶层身份象征的物件，在古玩收藏与宅屋装饰等方面扮演了重要的角色；进入新中国时期，景德镇的转型富有里程碑式的意义：对于手工业者来说，曾经的工艺评价体系从曾经的突出个体艺术才能，转变成了强调劳动者的分工合作与共同生产。景德镇的社会主义转型从本质上来说，是一个"生产重生的故事"。③

第四章通过分析国家如何采用一系列政治经济学教学教材来普及商品经济学知识和抵制陷入"商品拜物教"的危险。新中国成立初期编写的社会主义政治经济学教材在诠释学意义上具有重要的时代意义。这些教材有别于苏

① Laurence Coderre. *Newborn Socialist Things: Materiality in Maoist China*. Durham, NC: Duke University Press, 2021, pp.87–89.

② Laurence Coderre. *Newborn Socialist Things: Materiality in Maoist China*. Durham, NC: Duke University Press, 2021, p.90.

③ Laurence Coderre. *Newborn Socialist Things: Materiality in Maoist China*. Durham, NC: Duke University Press, 2021, p.91.

联版本，既是对中国社会主义经济体系的理论化建构，也被视为在对抗"商品拜物"的战斗中的有力知识武器。知识传播的重要性在新中国成立初期被纳入社会改造的议事日程之中。作为一种知识生产方式，教材的编写与推广成为界定社会主义经济现象和定义各种经济学概念的重要方式。

中国特色的社会主义政治经济学理论体系在符合国情的前提下逐渐完善，不止以马克思《资本论》（*Das Kapital*）为基准、以苏联知识解释体系为镜鉴，强调达致商品"使用价值"和"交易价值"的统一，以解决资本主义下消费主义思潮导致的商品价格虚涨问题，更借由社会主义商品在生产与消费之间无休止的紧张关系，侧重对商品和消费的批判。[①]然而，作者认为相关教材着力于揭露商品的丑陋一面以抵消其吸引力，往往将"商品拜物"视为一种抽象概念，导致理论和实践的分离："（中苏）两个制度的经济流动，特别是在个人消费领域，仍需要商品关系，但这样代表他们未能从根本上驳倒马克思和恩格斯，因为掌握生产资料的私有制已寿终正寝，但人民（国家）还无法掌握一切。这很快便成为20世纪80年代之前中国继续依赖商品生产的正当理由。"[②]

在笔者看来，尽管新中国成立初期的知识生产从内容到模式上皆确有缺陷之处，似乎未将社会关系的物质性阐释清楚，但是也为推动对于商品、社会主义经济等外来经济学概念的本土化与地方化进程有所助力。作者仔细梳理政治经济学教材的编写过程，也为我们提供了研究社会主义中国高等教育史、大学史、知识史的新维度。

---

① Laurence Coderre. *Newborn Socialist Things: Materiality in Maoist China*. Durham, NC: Duke University Press, 2021, pp.121–122.

② Laurence Coderre. *Newborn Socialist Things: Materiality in Maoist China*. Durham, NC: Duke University Press, 2021, pp.118–119.

三、身体政治与英雄内化

身体政治是本书探讨的第三个重要内容。"具身"（embodiment，即物理层面对心理产生的影响）作为物质文化的一部分同样也值得大众关注，尤其是在新中国成立初期，如何培养"社会主义新人"的问题是摆在中央政府面前的重中之重。关于社会主义个人"锻造"问题，陆小宁近著所言甚详。[①]与陆小宁所提的社会主义电影通过对演员和观众的"锻造"、培养社会主义主体过程类似，《物质性》第五章也对业余演员在表演过程中扮演英雄人物所经历的"锻造"详加研究。与瓷器烧制的英雄模范人物塑像异曲同工，参与样板戏并扮演英雄人物的业余演员需要在表演过程中不断"锻造"与磨炼演技。通过不断内化社会主义革命逻辑与展演场面，社会主义新人逐渐成长，成为合格的接班人。

然而作者提出，社会主义戏剧表演并不是为了"神化"一个又一个的英雄个体；相反，在中国早期社会主义戏剧的逻辑中，英雄人物角色具有可生产性、可模仿性和可复制性。业余演员并不是要树立典范形象，而是要"使身体变得可以让渡"。[②]作为非专业演员，他们在日常生活中即是一个又一个在各行各业的普通人。这种"让渡模式"使业余演员从现实生活到舞台表演均获得转变：台上表演，台下生活，英雄是可以（通过表演这一学习过

---

① Xiaoning Lu. *Moulding the Socialist Subject: Cinema and Chinese Modernity (1949-1966).* Leiden: Brill, 2020. 关于陆小宁著作内容脉络与评论，参见陈昉昊、周睿：《书评：*Xiaoning Lu, Moulding the Socialist Subject: Cinema and Chinese Modernity (1949-1966)*》，《汉学研究》（中国台湾），2022 年第 4 期，第 223 页至第 330 页。

② Laurence Coderre. *Newborn Socialist Things: Materiality in Maoist China.* Durham, NC: Duke University Press, 2021, p.142.

程）被复制的。这种内化学习的过程不光对于个体具有脱胎换骨的作用，也对于观众等其他个体具有潜移默化的影响。而对于这种形象的可复制性，作者还特别留意到，众多英雄人物的扮相、动态神态被定格成肖像，印制在瓷器、花瓶、摆件等器物上。在这里，作者提出"再媒介化"（remediation）的概念，①指的是通过"器物"这一中介传达社会主义理念与思想。通过如此转变，英雄人物不再是具有特殊性而是具有日常性。器物设计与制作"客制化"过程，"塑造"了日常生活中的"英雄"与各行各业的模范人物。

关于工艺产品的制作与流通在该书第三章已有分析，而第六章则关注工艺产品的消费（或者使用）的问题。在新中国成立初期，工艺制品的美学标准、商品价值、物件功用等被重新定义。从媒介理论的角度来说，镜子作为工艺制品，同样成为一种与业余表演的目的和逻辑相一致的传播社会主义思想的载体。新中国成立初期的镜面装饰不光歌颂英雄形象，也教导大众将这些英雄列为人生榜样和模仿对象；镜子包含自我反省、自我批评等象征含义。这些装饰镜设计的终极目的，可能是将自我塑造成模范形象。除了镜子本身的造型艺术之外，镜面本身所具有的功能性、象征性意味也同样值得读者思考。例如镜子不光可以承担仪容、仪表整理的功能，也能让外语学习者通过照镜来矫正发音口型，甚至诸如"批评与自我批评""打扫房子和洗脸""清除思想灰尘"等思想改造和清洁概念，亦能通过其功能性话语的传播达到普及大众的效果。②

新中国成立初期的镜面装饰从外观美学层面对于模范的塑造到功能类型层面对于人的检视与改造，在不断完善的自我与符合社会主义规则、教条与

---

① Laurence Coderre. *Newborn Socialist Things: Materiality in Maoist China*. Durham, NC: Duke University Press, 2021, p.142.

② Laurence Coderre. *Newborn Socialist Things: Materiality in Maoist China*. Durham, NC: Duke University Press, 2021, p.182.

规范的"他者"之间充当了一种视觉中介/媒介的角色。

四、新中国社会主义文学的"物质性"

该书以1974年由上海人民出版社出版的财贸小说《柜台风波》为起点，探讨了上海第一百货商店的商业部门在新中国成立初期如何参与社会主义建设，尤其是在传统意义上被视为资本主义行为的商业零售。在当时的社会背景下，人们普遍认为"商业零售"同样可以成为一种革命性的力量，这一观点是这部小说的核心主题之一。除了参与社会革命的阶级斗争，小说还描绘了百货商店店员如何通过矫正新婚夫妇的铺张浪费的消费习惯、揭露黑市奸商团伙的行为，成为参与"为人民服务"运动的一分子。罗芸认为，小说通过商店配袜子的服务，展示了建设社会主义中国的热情不仅体现在生产领域，也体现在消费层面。在小说中，百货商店为顾客提供的维修、更换、回收、租赁等服务，已经远远超越了以盈利为目标的一般商店的业务范畴。因此，一种与资本主义社会截然不同的"社会主义新生事物"应运而生。值得注意的是，这本署名为上海第一百货商店创作组的小说，本身也是一种社会主义集体主义智慧结晶的体现。或者说，不管是小说内容本身，还是小说创作主体的确立，都彰显了每个独立个体都在参与新中国建设的过程中贡献了自己的一份力量。

在引言部分，罗芸以文学与电影分析的多义性与模糊性特点为出发点，指出对新中国成立初期的样板戏的理解并不应仅从意识形态和符号化的角度进行过于简单的解读。在这里，她引入了"文本的物质性"这一概念，强调在分析样板戏作为叙事文本的同时，应关注其物质化的视觉呈现，以反映新中国成立初期媒体与物质文化的关系。例如，通过瓷盘、泥塑等一系列物质

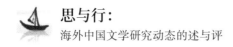

载体的传播，社会主义思想不仅仅限于文本阅读和戏剧表演等传统的传播方式，而是以更为日常化、生活化、大众化的方式深入千家万户。在这一分析中，我们可以看到，文学文本研究并不仅限于文学审美和文本视角的探讨，而是可以从超越文本的层面寻找研究与理解社会主义中国的符码，丰富我们对新中国发展图景的认识。

第一章作者以时任中国科学院声学研究所副所长马大猷撰写的儿童科普文章《音乐世界》为切入点，探讨科研人员对21世纪的社会主义中国机器工业的发展的设想——如何将声源污染的噪声转化为愉悦身心的音乐，从而实现声学层面的社会主义改造，以改善生产环境并提高生产效率。尽管这篇文章强调机械化生产因其高效的特征优于传统手工劳动生产，然而在声音层面上，作者提出了社会主义工厂生产改造的可能性。这篇小说收入于1979年出版的《科学家谈21世纪》之中。作为面向少年儿童的读物，该书以通俗易懂的语言汇集各领域的科学专家，旨在激发儿童树立远大科学理想，同时在文本层面上描绘了未来科学世界的愿景。在这里罗芸强调的是，"声音"在民族国家建设中发挥了重要的作用。从科学家的声音构想开始，"声音"在社会主义中国扮演了非常重要的角色。此外，本章还分析了1974年发表的王翠兰撰写的小说《红色广播站》，强调社会主义儿童如何参与到社会主义音景的构建。小说的主人公通过建立广播电台，将社会主义的声音通过安装在居民家中的喇叭传播到千家万户，不光传递了党和国家的声音，也表现了儿童的独立自主。罗芸认为，这种方式可以视为是国家对地方层面的介入与影响。通过开展阶级斗争和鼓励群众参与，地方的社会主义建设得以进一步推进。从而使革命群众自然成为国家的想象共同体中一部分，成为社会主义建设事业的参与者。

第二章从商业商品与社会主义之间的天然矛盾出发，探讨了新中国成立初期商业领域的社会主义改造。本章开篇以中国唱片发行公司于1974年发行的出口唱片《革命青年志在四方》（英文译为：*Where the Motherland Needs us Most, There is our Home*）为引子，讨论在日常生活中不同平凡岗位上工作的革命青年如何参与社会主义的日常建设。尽管从严格意义上讲，唱片并不属于文学文本的范畴，但歌词中描绘的卡车司机、送报员、厨师、销售员等各类革命青年，仍然为研究社会主义英雄形象的构建提供了重要素材。其中一首歌曲对流动售货员的塑造，恰好与引言中提到的上海第一百货商店售货员的形象有所呼应。这些流动售货员不仅丰富了偏远地区人民的物质生活，也在一定程度上规范了大众的消费方式和习惯。此外，1973年广受欢迎的评剧《向阳商店》同样可以作为理解社会主义的示范性作品。在其不断改编的过程中，评剧讲述了社会主义工作者售货员刘春秀如何在日常生活中实践社会主义理想，并将这一理想与商品逻辑有机结合。

第三章从政治经济学教材的编写与发表过程入手，探讨社会主义政治经济学的理论建构。此外，本章还分析了赵树理于1955年出版的社会主义写实小说《三里湾》之后，与小说相关的绘画作品是如何参与社会主义宣传过程的。在这里，文学文本与视觉文本在内容上的互文性以及在功能层面扮演的角色值得深入关注。在罗芸看来，《三里湾》的衍生产品——三幅画作，共同构成了社会主义写实主义风格发展的重要部分。这些画作通过视觉再现的方式传播小说中所蕴含的社会主义经济逻辑，实质上是对小说知识与概念的进一步通俗化。第五章探讨了施宁在1974年4月14日《解放日报》上发表的短篇小说《演出前后》。讲述了一个业余粉丝如何转变为舞台表演者的故事。此外，小说还强调了"演英雄、学英雄、见英雄"的社会主义表演逻辑。在日常生活中，这些表演者通过模仿表演中的英雄行为，成功实现成为真正的英雄的目标。与传统明星的个人改造不同，普通人成为演员的过程为研究与分析社会主义表演机制提供了新的素材。

尽管新中国成立初期的许多文学文本在该书的各个章节中零星散布，并不意味着它们在政治、经济与历史层面缺乏价值。相反，尽管书中提及的许多文学文本未必具备文学史上的经典地位，但它们仍有助于理解新中国成立初期的文本生成与传播机制。此外，对唱片歌词内容的解读也是对传统文学研究边界的一种挑战。作为大众文化的一部分，歌词相较于传统文学文本更具有广泛的传播性。同时，作为出口国际的唱片，其在塑造社会主义国家人民形象方面的功能也不容忽视。此外，文学文本与视觉文本的互动为解读社会主义政治经济学思想的传播、知识的流通及概念的传播提供了重要的媒介。本书所尝试的跨媒介研究路径超越了纯文学的范畴，涵盖了小说、科普文章、歌词、绘画、戏曲等新中国成立初期涌现的不同类型的文艺作品，成为研究社会主义中国风貌的重要基础。

五、结　语

《物质性》从声音、商品以及身体三个方面对新中国成立以后的物质文化图景进行了一定程度的深入考察，从文化比较视角作出全面的对比与分析，并引入苏联和东欧社会主义国家的二手材料，这在一定程度上拓宽了当代中国物质文化研究领域的面向。事实上，该书关注的是改革开放之前，伴随社会制度的确立而涌现出的"新生事物"的新现象和物与人的关系的问题，不断拷问反思这些"新生事物"对于社会主义的意义/反意义，而这些带有鲜明的中国特色的"新生事物"，却在21世纪以后的当代时期迅速"改头换面"，适应新技术、新潮流、新文化的召唤。"听觉共同体"变成了"网络舆论共同体"，商品消费主义化身为社会新贵象征资本，身体政治的展演越来越凭借新媒介的推广普及在抖音、微博、小红书、小程序甚至官媒、官微这样的媒体平台成就"时尚模范"。故而即使本书研究是聚焦于新中国成立初期的物质文化和社会关系，并且在样本选择上明显偏少偏窄，却依然能对当代中国的物质文化研究提供一定的借镜意义。

然而，该书还是有部分值得商榷的地方：首先，由于面向的是英文读者，因此书中提供了大量基础性、资料性材料的介绍，比如新中国成立初期的票证政策、供销社简介、消费方式等，如此大段材料的引用甚至滥用，可能造成部分核心观点的模糊与失焦，或者说致使部分段落缺乏学理化的分析。①其次，有别于中国古代物质研究领域对器物、食物、服饰、礼仪、宗教等方面的探讨，该书对声音、商品以及身体的研究匠心独运，然而如何定义这三个方面的"物质性"依然显得模糊不清，有待进一步清理和解释。尤其是关于声音部分的物质性：在语音、语调、节奏等方面，如何培养符合社会主义标准的性别化声音？社会主义中国声音的传播媒介——广播网络、广播站、广播电台是如何架构和运行的？再次，如前所述，关于"声音共同体"（acoustic community，又译"声学社区"）的建构，海内外学者均已著述繁多，该书"声音想象"这一新概念的提出与"声音共同体"这一旧概念的异同，② 或者甚至说新解，并没有在书中得到很好的呈现，部分观点甚至有浪漫化声音研究的倾向。

总体而言，《物质性》讨论的新中国成立初期社会主义商品的生产与日常使用、商品的流通与交换过程、消费行为与习惯的培养，均给人耳目一新

---

① Laurence Coderre. *Newborn Socialist Things: Materiality in Maoist China*. Durham, NC: Duke University Press, 2021, pp.59−63.

② 关于声音共同体的论述，谢弗指出："纵观历史，人声的范围为确定人类社区的分组提供了重要参照……对声音共同体的考量可能包括探讨共同体外的重要信息如何到达居民的耳朵并影响他们的日常生活。"参见 R.Murray Schafer. *The Soundscape: Our Sonic Environment and the Tuning of the World*. Rochester, VT: Destiny Books, 1994, p.215。中译本参见［加］R.穆雷·谢弗著，邓志勇、刘爱利译：《声景学：我们的声环境与世界的调音》，北京：首都师范大学出版社，2022年，第229页。

的感觉。该书还将新中国成立初期的商品生产与消费史纳入全球商品流通脉络之中，将20世纪中叶中国与世界的关联抽丝剥茧，一一展现。相信该书的面世会对研究新中国商品史以及社会主义物质文化的学者有诸多启发，向学界呼唤更为全面的物质史的书写。

附　录

地理与空间批评：近年欧美城市文学与文化研究新动向二题

欧美城市文学研究[①]自作为独立学科兴起已有几十年，近来欧美学界出版了大量城市文学与文化研究专著。由于部分著作语言繁复、内容小众、理论艰涩、学科跨度大，目前国内译介与引入并不多，因而中国城市文化研究学界对近来国外城市研究理论脉络、风潮、趋势不甚了解。本文旨在通过总结与评析近五年来在英语学界出版的，以地理与空间批评为框架的四本专著，分析这两大理论框架对于我们理解城市空间的发展变迁、城市与市民双向构建的互动关系、城市品格与特质的确立、城市文艺与景观关系等具有重要的意义。目前欧美文学城市学研究已日趋完善，涌现了许多优秀的学术成果。欧美文学城市学研究以文学研究为基础，结合地理学、心理学、社会学、艺术学、历史学等理论资源，采用跨学科的研究方法，不断扩大城市研究的边际，出现将社会情境学理化、抽象概念具体化，以及城市理论体系化等趋势。

迄今为止，国内学界尚未出现大量详尽介绍欧美文学城市学的学科建制、理论资源、案例研究与分析的专书专文，故对其理论框架以及如何将理

---

① 本文所涉及的诸多城市文学研究并不仅仅指的是大型城市聚落、超大型城市、大都会城市等之类的所谓"都市"研究，还常常涉及次级城市、二三线城市、卫星城、边缘城市等研究。尽管英文术语 urban studies 常常译为"都市研究"，然而本文在涉及此英文术语时，依然以"城市研究"来指代，因为城市研究的范畴在学科意义上比都市研究的范围大。以下同此。

论应用到具体文本与历史语境中的研究模式相对生疏。本文旨在做一个抛砖引玉的工作，希冀能够有更多专家学者参与这一理论方向的讨论，更好地让我们通过研究城市文学来理解城市与城市居民、城市居民之间、城市与城市之间、城市与国家之间不同的历史脉络、权力结构以及互惠、互利与互赖的关系。

一、地理批评：文学制图学与心理地理学

西方地理批评学者往往强调地理与文学之间的存在的相互影响行为。城市空间理论研究学者将城市各区块连接一体的街道作为"城市血管"，充当了重要的联通与交互的职能。地理批评学的理论同样可以引入文学研究之中。以下两位学者基于对两大世界城市文学与艺术——纽约与伦敦的研究，作了一些在文化研究领域内的新的尝试，提供了诸多富有前瞻性的洞见。其中一本关于战后20世纪60年代至70年代纽约制图学的研究，旨在通过分析不同艺术家的文学创作或艺术作品，探讨战后美国艺术家如何有意识地亲身实践、进行概念批判，乃至参与政策干预，充分表现了知识分子的担当与情怀。而另一本探讨伦敦文学的专著，勾勒所谓的伦敦性（London-ness）——与所谓的资本主义扩张时代带有"帝国荣光"的伦敦性不同的是，作者深入探讨了英国文学重描写伦敦的文本，揭示文学创作者如何从心理地理学角度勾勒出伦敦的迥异与非现实性。他们不光追溯伦敦碎片历史，也挖掘出隐秘角落的不为人知的故事。对于他们来说，伦敦性或者英国性（Englishness）并不仅仅只有一个固定版本，而具有开放性与多样性，值得大众进一步关注。

文学制图学脱胎于美国文学批评家弗雷德里克·詹姆逊（Fredric

Jameson）的认知绘图（cognitive mapping）理论，指的是作者在建构文学空间的时候已经规划了一个地图空间体系，设置情节、安置人物、规划动线等。新近出版的美国城市文化研究学者莫妮卡·马诺列斯库（Monica Manolescu）①《纽约与其他战后美国城市的制图学：艺术、文学与城市空间》（*Cartographies of New York and Other Postwar American Cities: Art, Literature and Urban Spaces*）②也是基于文学制图学理论，探讨文本与基于场所的实践（site-oriented practices）之间的相互作用。③所谓场所实践，指的是在步行与丈量中，城市图景的空间构型通过位移的方式逐渐生成。换句话说，空间感并不仅仅基于静态的视觉观察，而是基于动态移动中的视觉捕捉而生成的。作者关注"城市绘图是如何将文本与视觉再现纳入认知、经历与想象城市的庞大的体系之中的"。④ 在马诺列斯库看来，城市成为"难以辨认的书本""互动戏剧的剧场""卑鄙与贫穷的处所""文学与建筑的肌理""地图与叙事的无限来源"。⑤该书探讨美国战后艺术是如何对城市进行空间构型，扩大艺术创作的疆域。与此前学者批评战后美国知识分子缺乏对城市建设、治理与管理的智性参与、理性批判的观点不同，作者提出自20世纪60年代以来，尽管美国城市呈现日渐衰落的状态，美国知识分子仍然在身体力行地参与城市的建设、再现与表述。正是这些文艺知识分子的不懈努力，纽约逐渐成为

① 文中所提及英文学术著作书名与原文引文，如无专门注明，均系笔者本人根据原文所译，以下不予赘言。

② Monica Manolescu. *Cartographies of New York and Other Postwar American Cities: Art, Literature and Urban Spaces*. New York: Palgrave Macmillan, 2018.

③ 关于文学绘图理论的研究，详见 Robert T. Tally Jr. *Literary Cartographies: Spatiality, Representation, and Narrative*. New York: Palgrave Macmillan, 2018.

④ Monica Manolescu. *Cartographies of New York and Other Postwar American Cities: Art, Literature and Urban Spaces*. New York: Palgrave Macmillan, 2018, p.1.

⑤ Monica Manolescu. *Cartographies of New York and Other Postwar American Cities: Art, Literature and Urban Spaces*. New York: Palgrave Macmillan, 2018, p.239.

一个多样的艺术表现场所——艺术家不断在寻找另类途径参与美国城市的"建设"。与罪恶化或者田园化美国城市的两极观点不同，马诺列斯库从一个文学研究者的角度来理解艺术史与制图学，探讨20世纪60年代至70年代纽约的美学潜能（aesthetic potential）。在艺术家寻求突破的进程中，他们在不断考虑自我与他者的关系，也在不断考虑艺术能够介入生活、介入政治的更为具身性的参与方式。

正如作者所强调的，该书标题中的"文学"一词不仅仅包括传统意义上的文学范畴文类，同时也尝试将艺术案例纳入文学研究领域，并且也讨论诸如爱伦·坡等文学文本如何与其他文本，甚至艺术作品产生互文性的效果，以及在艺术与建筑领域的许多"修辞技巧"。许多艺术家同样也进行诗歌与散文等创作实践，彰显艺术理念。该书的主要目的在于分析文学以及其他制图技巧是如何致力于将纽约、纽约郊区以及其他美国城市作为物质环境，作为文化以及历史建构，以及作为社会交往的空间来探讨。[1]制图学研究有其丰富的理论根基，而在近来发展迅速。制图者、艺术家以及作家都在建构制图式想象过程中扮演了重要的角色。他们往往通过想象图谱来再现与建构城市。本书主要关注20世纪60年代与70年代的纽约市的艺术家实践——纽约市的空间与都市身份被不同艺术家一再表述、修改，甚至变异。通过关注在行走与测绘过程中的路径、轨迹，以及绘图策略，该书提供了步行艺术家在纽约与帕塞伊克的实验性艺术方式。第二章从爱伦·坡小说《人群中的人》（*The Man of the Crowd*）出发，探讨都市现代性的核心问题：如何在人群中定位个人主体性？爱伦·坡的都市现代性体验对当代美国艺术家的创作产生了深远的影响。不同艺术家在定义闲逛者（flâneur）的时候赋予这一类人不同的角色与定义。第三章主要关注20世纪60年代的美国曼哈顿，各类艺术家

---

[1] Monica Manolescu. *Cartographies of New York and Other Postwar American Cities: Art, Literature and Urban Spaces*. New York: Palgrave Macmillan, 2018, p.4.

在雕塑、装置艺术、表演等艺术形式上的实验性尝试。众多小众画廊的艺术家通过艺术语言不断定义对城市生活的理解，甚至有的时候表达对政府规训他们生活的反叛与不满，体现鲜明的艺术风格与态度。第四章通过关注录像行为艺术之父维托·阿肯锡（Vito Acconci，1940—2017）的诗歌、都市行为艺术、城市相关项目与建筑装置三个职业阶段，追溯了阿肯锡从单纯现代主义目的论的创作手法向文化话语与指涉（reference）方式的转变，特别是将美国神话引入其创作之中，强调传统小说遗产的重要性。第五章关注美国著名的大地艺术家罗伯特·史密森（Robert Simithson，1938—1973），作者提出，史密森关于新泽西小城帕塞伊克的描写并不仅仅旨在构建一个与纽约、曼哈顿相对立的城市，而是将这座城市纳入了美国与欧洲之间的文化交流之中。第六章关注美国艺术家戈登·马塔-克拉克（Gordon Matta-Clark，1943—1978）1973—1974年间的最具概念化的创作项目——现实产权：虚假房产（Reality Properties: Fake Estates），马诺列斯库指出，既往对于克拉克的研究往往关注他在建筑学概念层面上对建筑物的破坏与分解的先锋实验性操作，而克拉克真正关注的是——财产、家园、土地测量、所有权等城市居住议题。这些议题隐含在他的艺术实践与操演之中，引人关注。最后一章从美国东海岸移至西海岸，关注旧金山文学家丽贝卡·索尔尼（Rebecca Solnit）的《无限之城：一部旧金山地图集》（*Infinite City: A San Francisco Atlas*，2010）。这部地图集作为一部培育地方身份与归属感的制图再现性质的散文作品，通过将故事与地图叠加于地方之上，提供多版本的文本与地图的契合模式，创造出一种关于身份认同的全新观念，同时也通过鲜活的故事描绘旧金山这座城市一种别样的图景。

作为一本让读者"迷失"或者重新建构城市方向，定义文学与都市主义（urbanism）、艺术与都市主义的专著，该书为读者打开了认知城市、认识国家、认别地图的全新维度。当大众依然在谈城市身份认同，谈归属感，谈城市体验的时候，我们能看到不同城市居民所表现出来的不同维度。当我们在谈制图学的时候，我们谈的是关于永恒性、地产价值、社会规范、物权等各类概念，而不仅仅限于测量与制图本身。文学制图学归根结底研究文学地方性的问题。研究地方性的元素是以何种方式被呈现在作品之中。文学制图学不是单纯找寻文学作品中的地理界标与实际世界的一一对应。而是通过文学虚构地理坐标为我们重新定位，锚定个体的、具体的人如何放置在世界之中的位置。马诺列斯库的研究为我们提供如何通过文学制图理论来认识文学地方性的全新角度。旅程、路径以及制图策略，通过步行与测量的方式，纽约城是如何被定义、发现与再发现的。作者强调自己的研究不是乡愁式的，也无关个体阶级差异。我们在寻求文艺表达的多义性的时候，也不要忘记，在所有的与地方相关的艺术创作与参与之中，蕴含其中的话语（discourse），值得我们一再推敲。从文学与艺术等虚构再现方式，到近身实践的参与（步行、游荡、穿越城市等），这些制图或者反制图（counter-mapping，与现实相悖的空间想象模式），形成了一种虚构/建构城市的全新模式。

　　而作为一部以心理地理学①作为理论基础的文学评论著作，曹安（Ann Tso）的《伦敦文学心理地理学：艾伦·摩尔、彼得·阿克罗伊德、伊恩·辛克莱的不同世界》（*The Literary Psychogeography of London: Otherworlds of Alan Moore, Peter Ackroyd, and Iain Sinclair*）②向大众读者提供了一种通过心理研究三位作家作品，丈量城市而理解城市的方式，这种提纲挈领式的认知方式为我们打开了认知城市的角度。将心理学、地理学与文学研究纳入同一体系的跨学科研究在近年来并不多见，而本研究为我们提供了从心理学角度来

---

　　① 近来中国学界关于西方文学心理地理学理论的引介与研究综述，详见孙铭：《文学心理地理学理论研究》，硕士学位论文，山东师范大学中文系，2019年。

　　② Ann Tso. *The Literary Psychogeogrpahy of London: Otherworlds of Alan Moore, Peter Ackroyd, and Iain Sinclair*. New York: Palgrave Macmillan, 2020.

解读文本中时空关系的角度。英国作家艾伦·摩尔（1953—）是引领20世纪80年代美国漫画变革的图像小说家。他的许多作品深受大众喜爱；而彼得·阿克罗伊德（1949—）作为英国著名的传记作家、历史学者、小说家，其描写城市的作品同样值得大众关注。作为描写城市变迁的作家，伊德为我们提供了一种解读城市的新方式。在伊德看来，城市所蕴含的逻辑为我们提供了认知与理解世界的角度。该书第一章分析心理地理学家是如何阐释所谓的伦敦性（London-ness）。以往当我们探讨伦敦性的时候，我们常常探讨的是伦敦作为可复制的金融与交易中心的特性，而伦敦的奇思妙想性、不稳定性甚至矛盾性，构成作家对于所谓伦敦性的全方位定义。对于伦敦这座城市，不同的人拥有不同的情景体验。在第二章中，通过分析艾伦·摩尔的一本关于维多利亚后期连环杀人魔开膛手杰克的图画小说——《来自地狱》（*From Hell*），作者指出杰克如何以超然的视角从伦敦历史碎片中找到作为文化商品的英国遗产。艾伦·摩尔的这种理想化英国城市空间的方式与其之后的作品《耶路撒冷》（*Jerusalem*，2016）截然相反。在《耶路撒冷》中，城市变成了混乱与不安的源头。在小说家制造一系列空间概念的时候，往往也在挑战想象与思考的极限。在第三章中，作者讨论了彼得·阿克罗伊德的侦探小说《霍克斯默》（*Hawksmoor*，1984），通过17世纪流浪者在伦敦这座迷宫般城市的经历，展示了心理地理学意义上的伦敦是如何将幽暗边缘特质替代了所谓的帝国英国性的。在贵族与富裕的伦敦性前面，阿克罗伊德提供了贫穷、流浪以及停滞的发展之类让伦敦性"贬值"的感官元素。在第四章关于伊恩·辛克莱（1943—）的《白色的查普尔，猩红色的踪迹》（*White Chappell, Scarlet Tracings*，1987）小说的讨论之中，作者指出了理性规训的不可能性。在日渐消逝的某些景观中，伦敦性才得以显现。他在作为总结部分的最后一章中，提出了总结性的观点：伦敦性是文学与心理地理有机结合的产物。正如上述作家所描述的一样，伦敦性或者伦敦的城市性在文学作品中，往往存在于对城市隐秘性的解构与建构之中，在不断地偶然发现与挖掘之中，在切身感官体验之中。文学心理地理学作为文学形式主义与革命政治联姻的产物，并不在于构建一个具有整体性意义的城市景观，而在于不断拆解与质询，寻找不和谐的、多音的、多样的城市身份政治。

二、空间理论：后现代时空与次级城市

城市空间不仅仅是人类生存的场所或者背景，这在城市研究学界渐渐达成共识。居民与空间互相塑形，各自影响。居民对于私人空间与公共空间的改造不断更新城市的面貌，而城市本身也对居民产生潜移默化的影响。从时空维度来看待城市的发展与变迁，我们可以将城市与居民纳入一个动态的、历时性的、比较性的系统之中。迈克尔·凯恩（Michael Kane）《小说与理论中的后现代时间和空间》（*Postmodern Time and Space in Fiction and Theory*）①为我们打开了认识小说中的后现代时间与空间构型。空间并不仅仅是小说故事情节的发生场所。空间是不稳定的，易变的，同时也是开放与包容的。当我们在讨论空间问题的时候，从本质上我们是讨论现代性的遗产，讨论城市居住的空间构型，讨论时间与空间的关系等。该书主要讨论的是在现代性框架意义下的时间与空间定义的变异（mutations）。作者借用雷蒙德·威廉斯的关于残余（the residual）的定义，分析过去的因素是如何成为现在的有效的一部分的，不应完全抛弃过去而只关注现在。第一章"自然的空间"从浪漫派诗歌讨论开始，作者讨论"自然"并不是一种空洞的存在，是如何被写作者用来达到某些目的。也就是说，不同作者在处理自然与风景等问题上，

---

① Michael Kane. *Postmodern Time and Space in Fiction and Theory*. New York: Palgrave Macmillan, 2019.

表现出极大的目的性。对于18世纪的浪漫派诗人来说，自然被挪用作为他们的自我想象，作为建构身份与组织记忆的材料。由人"制造"的崇高的（sublime）自然满足了大众的全部需求与想象。而这种所谓的后人类（post-human）世界，或者说后自然（postnatural）世界完全是基于由人改造的自然而形成。作者对人类对于自然的破坏感到悲观，甚至指出人类世（anthropo-cene）这个词语本身就意味着"由人类统治的时代行将就木"。[①] 在第二章中，作者从人类与自然空间关系的讨论过渡到了关注人类与城市空间关系。这类时空关系往往镌刻在城市的历史脉络之中。城市空间的历时性与历史性需要我们不断加以推敲。第三章讨论的是技术革新如何改变了大众的时空观念和感知。诸如电话、无线电报、X射线、电影、自行车、汽车以及飞机等科技工具的出现，不光改变了人们的生活，也改变了思想与思考方式。然而作者对于技术改造的思考并不仅仅止步于追溯"改变"这一过程。在作者看来，通过对"时间"态度的考量，现代性与后现代性是否可以做一明细的区分？第四章关注艺术的定义与艺术文化问题，论证本雅明、阿多诺与霍克海默之间关于文化工业之争的问题。在最后一章，作者讨论了后现代性，甚至是超现代性的重要标志——旅行。旅行与旅游业对当地产生了什么影响？地方感以及关于自我的认知是如何通过旅行形塑的？作者的发问引人深思。当旅行成为一种个人甚至社会实践的时候，旅行的意义就越来越丰富起来。

囿于篇幅限制与本文一以贯之的主题，这里主要详谈迈克尔·凯恩关于"城市空间"的研究。正如作者所说，近一百五十年间，随着人类活动空间范围逐渐增加以及全球城市化进程的加快，自然空间渐渐被城市空间所蚕食。从诸多文学作品以及理论研究出发，作者探讨了大都会如何改变个人精神生活（mental life）。城市与现代性的辩证关系自19世纪以来不断变革。通

---

① Michael Kane. *Postmodern Time and Space in Fiction and Theory*. New York: Palgrave Macmillan, 2019, p.44.

过讨论本雅明、爱伦·坡、波德莱尔、恩格斯、狄更斯、福柯、陀思妥耶夫斯基对于19世纪城市的讨论，迈克尔·凯恩为不同学者提供了分析都市生活的方式。本雅明在《拱廊街计划》中追溯了19世纪早期巴黎百货公司的起源。齐格蒙·鲍曼（Zygmunt Bauman）将在购物中心购物者（stroller）定义为后现代的典型角色。格奥尔格·齐美尔（George Simmel）在他于1903年发表的著名文章《大都市与精神生活》中阐明都市生活对人的压力：大众建立一种自我保护机制来避免受到外界的伤害，感官剥夺（sensory deprivation）与方向感的缺失成为城市居民在21世纪所面临的最大问题。① 而该书所指出的便是城市人群如何定位（navigate）自身的问题。根据作者的归纳和分析，现代城市生活经验与现代资本主义的发展密不可分。资本主义发展史与城市日常生活经验是一个值得广大研究者关注的问题。

目前众多关于地理批评与空间批评的学者、地理学家、城市规划学家等专业人士常常以城市大小与功能，或者基于城市在地区、国家甚至世界中的位置，城市与周边地区的空间结构关系对不同城市进行分类，或者使用经济容量、人力资本、信息流通、政治参与、生活质量、文化底蕴等不同量化指标来划定不同等级城市。如此的操作手法就会表现出鲜明的人定等级主义倾向。另外，许多后现代工业城市也无法纳入如此等级体系之中。该书众多文学地理学研究者试图挑战这种分类机制。《文学次级城市》（*Literary Second Cities*）② 是一本集结2015年在芬兰埃博学术大学（Abo Akademi University）召开的同名学术会议成果的论文集。此书引导大众去关注那些被广大研究者

---

① 关于保罗·维里亚奥的速度理论，详见［法］保罗·维里亚奥著，陆元昶译：《解放的速度》，江苏人民出版社，2004年。

② Jason Finch, Lieven Ameel. Markku Salmela, eds. *Literary Second Cities*. New York: Palgrave Macmillan, 2017.

忽视的非一线却具有标签性和特色的城市——次级城市（second city）。[①]诸如纽约、巴黎、东京、伦敦等特大综合性城市常常被纳入广泛的考量与研究，而那些具有特色功能的城市学界往往投入关注程度不多。诸如赌城拉斯维加斯（美国）、新兴石油城迪拜（阿联酋）、老牌旅游城市威尼斯（意大利）等。这些具有特色功能的城市同样可以作为案例样本来研究。当我们在关注诸如纽约、巴黎、东京、新加坡等超高能级的全球城市（global city），研究这些城市在城市网络中的节点作用的时候，我们也忽视了在庞大的城市网络中，其他中小型城市也在全球城市资源流转、功能分配之中扮演着重要的角色。《文学次级城市》为我们提供了理解那些不被我们关注的次级城市的文学再现。我们不再以面积、人口来衡量城市，而是从功能、作用等来定义城市。文学中的"次级城市"研究为我们理解城市发展路径而言，提供了全新的角度。

《文学次级城市》一书分为四个部分。第一部分"定义次级城市"不光提出了文学城市研究的方法、路径与核心议题，同时也对世界城市与次级城市的关系作了梳理。而第二部分分析了四个笼罩在一线城市阴影下存在的城市。研究者关注两个英国城市：18世纪的布里斯托以及20世纪的伯明翰。从漫画小说（comic novel）出发，作者提出作为一个曾经以制造业为重的工业城市，伯明翰在文化生产领域也占有举足轻重的地位。亚当·博奇（Adam Borch）关注的是18世纪布里斯托的赞颂与讽刺诗歌的生产。博奇处理了城市与国家政体之间的关系，以及次级城市与首都之间的关系。马特·维尔斯特（Mart Velsker）与埃内-雷特·威斯克（Ene-Reet Soovik）关注爱沙

[①] 目前尚未有对second city统一与规范的翻译。为避免与二类城市（second-tier city）概念相混淆，本文将second city译为"次级城市"，用来指代被著名或者重点城市名声所遮蔽，但仍然在周边区域甚至整个国家内占有重要的政治、经济、文化或社会地位的那些次级城市。根据巴特·库宁（Bart Keunen）的定义，次级城市指的是"只在世界部分地区具有有限可见度并且影响力有限（的城市）"（《文学次级城市》，第22页）。

尼亚第二大城市——河滨大学城塔尔图（Tartu），尽管如今塔尔图知识分子会聚，被誉为"妙意之城"（city of good ideas），但是作者仍然告诫大众不要忘记这座城市过往的黑暗与隐秘的历史。18世纪早期的瘟疫几乎毁灭整个城市。20世纪的苏联遗产也对这座城市产生了深远的影响。而作为一座许多建筑学家与地理学家诟病的人工建造的拼凑奇观，拉斯维加斯往往一直被诟病为一个无地方（placeless）或无地方感与将世界各地名胜景观异位移植（heterotopic）的城市。拉斯维加斯作为一个例外城市，建构了一种新型的社区模式。在该书的第三部分"边境次级城市"中，"互为争议的记忆"（contested memories）成为本部分的核心理论来源。许多"边境城市"充当了重要的文化角色，这些城市提供的记忆资源与主流城市的记忆资源呈现相互对抗的局面。土耳其的迪亚巴克尔（Diyarbarkir）与爱沙尼亚的纳尔瓦（Narva）这两个并不出名的城市均在国家历史发展过程中扮演了重要的角色。该书的第三部分探讨了由互相关联的小城市组成的次级城市。从小说结构中我们可以发现，在后工业城市的碎片化的都市经验与社会关系重新定义了城市生活。从现象学角度研究当代瑞典小说，苏菲·温纳斯基德（Sophie Wennerschied）关注由青年占据的包括地窖、空置校园建筑以及荒原等特殊的城市"亚空间"。这些"亚空间"成为繁衍青年亚文化的重要场域。在本部分的最后一篇关于移动文学景观的研究中，杰德·彼得尔（Giada Peterle）提出在旅游城市威尼斯周围，灰暗、朴素、平常的城市景观与威尼斯的旅游美景完全不同，这就为我们打开了城市美学研究的全新维度。

作为文学城市学的代表之作，该论文集提供了如何通过文学再现研究现实城市的问题。作为研究文学中的空间再现的学科，文学城市学涵盖了包括文学地理学、空间人文以及地理批评学等学科资源。正如在结论部分所指出的，作者探讨所有的文学城市（literary city）在某种意义上均属于次级城市的范畴。对这些次级城市的文学再现不光可以认识到这些城市的重要性，同时也揭示了如何认识城市的多样性与多元性。我们不再以边缘与中心二分法来定义城市，而从更为实际的切面去认识那些被知名城市的光芒所遮蔽的城市。许多城市虽然不像其他一些久负盛名的城市一样具有较高的声誉度，但是它们依然在城市发展史中，特别是在本国城市更新与社会变革中担任着重要的角色。与此同时，这些城市也在不断经历着发展与演变。

编者也在结语部分指出，目前研究城市文学有以下路径。第一，文学地理学研究者运用城市文学材料：关注次级城市的生活经验（次级城市形象与次级城市的地方感）；关注次级城市沦为工业发展牺牲品的过程；关注城市空间身份政治（特别是移民）；关注文学作品作为一种地理认识的来源——"一种对学术话语的补充与对立"。[1]第二，关于城市的文学再现问题渐渐淡出研究视野，而基于文学创作、传播、消费机制而确立的不同城市的等级标签逐渐引起研究者的关注。换句话说，作者、作品、读者与文学代理、出版机构在城市等级划分中扮演了怎样的角色？不同文学地图的绘制是否暗含了复杂交错的权力关系？将出版印刷史纳入文学城市学研究之中也不啻为一种新的研究路径。

三、结　语

本文从空间和地理批评出发总结了近来欧美城市文学研究的两大新动向。欧美城市文学不断更新变换理论研究范式与框架，西方文学与文化研究领域中的地理与空间批评研究已逐渐开辟了新的道路与方向，为中国城市研究提供了诸多新的思路。从研究对象来说，诸如城市街区的文化研究、街头

---

[1] Jason Finch, Lieven Ameel and Markku Salmela, eds. *Literary Second Cities*. New York: Palgrave Macmillan, 2017, p.247.

文化与生活、除北上广深等一线城市以外的其他功能性城市的研究（旅游城市、资源型城市、政治城市、互联网经济城市等），提供了不同的研究范式。从理论贡献来说，文学城市学研究为我们提供诸多富有意义的观点：第一，我们需要找寻到被宏大叙事所覆盖的历史褶皱中的某些地方性与个体性的元素，挑战固化的城市建构观，避免对城市采用单一化的量度与标准去评判。第二，我们也需要认识到，不同的文艺形式参与到了城市的建构之中时，不可以忽视文艺形式具有的巨大的功能性作用。文艺对于城市的再现与批判成为当代众多知识分子的责任。第三，后现代城市时间与空间的关系在当今社会具有鲜明的特色。城市空间的异质性以及空间与时间的互动性对于城市研究者是一大挑战。第四，对于文学城市的书写并不仅限于全球城市、特大城市或者其他著名城市，我们也需要关注那些被忽视的边缘性城市的历史角色、发展脉络以及城市架构。不过，我们也要对国外城市研究方法的普适性与范式意义具有清醒的态度认知。广大研究者需要对国外研究理论框架与应用到中国情境之中加以甄别。对于研究普适性的问题，研究者需要根据实际情况来进行专门研究。任何对文本抽离现实背景的抽象审美解释缺乏历史根基，必须避免。

文学城市学（literary urban studies）以文学地理学、空间人文、地理批评等理论为基础，兼具跨学科的研究方法，对分析中国现当代城市文学与文化提供了富有启发意义的借鉴。这些借鉴可以成为我们理解中国城市以及城市与人关系的重要理论来源。中国现代文学城市学同样是一个亟待研究者探索的领域。从文本再现的城市文学地理地图到城市文学心理学研究等，中国现代城市文学需要引借其他学科更多的城市研究理论资源，丰富我们对中国现当代文学如何再现城市方式的理解与认知，并且提供城市研究的"中国版本"。

在对众多不同类型文本的分析中，怎样划清学科边界（或者，我们无须划清学科边界?),也需要有明确而深刻的认识。而从文学研究的学科角度来说,文学与文化研究者往往基于文学文本出发研究文学对于城市的再现问题。从地理到空间,欧美城市研究学者为我们提供了理解城市与文学关系的不二法门。城市文学研究需要从文本出发,更好地厘清文学生产机制、文本构建形态以及文本历史情境。在城市化进程急速发展过程中,文学文本如何再现城市,城市如何影响文本,成为大家需要不断思考城市发展与城市生活的重要内容。城市文学与文化为广大研究者提供了丰富的资源,值得不断挖掘、不断探索、不断分析。

后　记

以上诸章皆是敝人自博士毕业归国入职上海师范大学之后撰写完成的学术文章。我对于海外汉学研究的学术兴趣源于自己负笈千里、海外求学多年的经历；虽不能说我对海外汉学的研究范式有烂熟于心的认知，但也算是对于海外汉学，特别是海外中国文学研究的总体面貌能一窥其斑。作为一本既总结海外中国文学研究既往成果，又归纳近年来研究动向的结集之作，本书希冀抛砖引玉，为国内学界提供了解和借鉴海外汉学研究视角与方法论的一孔之见，为中国文学研究领域提供富有学术价值和启发意义的参考资料，激发更多中西学术的讨论与对话。

万分感激我于圣路易斯华盛顿大学求学期间在学术和生活上给予我悉心帮助的导师陈绫琪教授，导师的指导与关怀会是我学术之旅上受用不尽的动力与源泉。华大东亚语言与文化系的何谷理（Robert E. Hegel）教授、管佩达（Beata Grant）教授、马钊教授、麦哲维（Steve B. Miles）教授、蕾贝卡·科普兰（Rebecca Copeland）教授、马文·马库斯（Marvin Marcus）教授、华乐瑞（Lori Watt）教授、李志殷（Ji-Eun Lee）教授、比较文学系的罗伯特·亨克（Robert Henke）教授、人类学系的宋博轩（Priscilla Song）教授等均在我博士学习期间给予了我许多帮助和指导，在此亦要诚挚致谢。另外，我还要感谢华大中文教学组的各位老师，是你们为当年踏上异国他乡求学路的我提供了熨帖的精神庇护与温暖的心灵港湾。此外，我还要由衷感谢求学路上遇见的各位师友同仁和学术伙伴，正是你们构筑了一个启迪思维、互帮互助、温暖人心的学术共同体。

此书的部分文章经过严格的学术审查和同行评议之后，曾发表于《上海文化》2021 年第 4 期（第二节）、《汉学研究通讯》（中国台湾）2024 年第 2 期（第三节）、《中国图书评论》2024 年第 7 期（第四节）、《文学·2020 年春夏卷》（第五节）、《汉学研究》（中国台湾）2022 年第 4 期（第八节）、《二十一世纪》（中国香港）2023 年第 8 期（第九节）、《上海文化》2023 年第 10 期（附录）。感谢上述期刊编辑部慷慨允许我将文章收入本书之中。由于篇幅字数的限制，部分文章内容在刊发之时作了一定程度的删改，在出版本书之际对此前公开发表的文章重新加以修订，还原了部分文章的原貌，最大程度上保留文章撰写过程的思路与架构。另外，我还将原文为英文版本的论文重新译成中文，以期保持本书学理与风格的统一。感谢重庆出版社陈劲杉编辑的耐心统筹、悉心编校与专业指导，使得本书得以顺利出版。在此谨致最诚挚的谢意！

最后，感谢我的父母在生活上无微不至的照顾与在各种大事小事上对我的包容。时代的原因，他们没能享受到良好教育，也少有机会走出国门看看世界。他们的遗憾在我的人生经历中或算是得到了一定程度上的弥补。同时，我也要特别感谢周睿先生的牵线搭桥与学术支持，倘若没有他的鼓励和帮助，这本书也不会以如此的形式呈现在各位读者的面前。

二〇二四年七月于美国圣路易斯华盛顿大学东亚图书馆 初稿
二〇二四年八月于中国上海师范大学全球城市研究院 修改